NAME: Justus Jonas
FUNKTION: Erster Detektiv
FRAGEZEICHENFARBE: weiß
BESONDERE MERKMALE: das Superhirn der drei ???; Meister der Analyse und Wortakrobatik; erstaunlich schneller Schwimmer; zu Hause auf dem Schrottplatz von Tante Mathilda und Onkel Titus; zupft beim Nachdenken an seiner Unterlippe
IST FAN VON: Tante Mathildas Kirschkuchen und Denksport aller Art

NAME: Peter Shaw
FUNKTION: Zweiter Detektiv
FRAGEZEICHENFARBE: blau
BESONDERE MERKMALE: für körperliche Herausforderungen immer zu haben, dafür kein Ass in der Schule; großer Tierfreund; Spezialist für Schlösser aller Art, die seinem Dietrichset einfach nicht standhalten können; neigt zu Vorsicht und Aberglauben
IST FAN VON: schnellen Autos (insbesondere seinem MG), der südkalifornischen Sonne, so ziemlich jeder Sportart

Die drei ???®

Die drei ???®

Im Reich der Ungeheuer

erzählt von Hendrik Buchna

Kosmos

Umschlagillustration von Silvia Christoph, Berlin
Umschlaggestaltung von eStudio Calamar, Girona, auf der Grundlage der Gestaltung von Aiga Rasch (9. Juli 1941 – 24. Dezember 2009)

Unser gesamtes lieferbares Programm und viele weitere Informationen zu unseren Büchern, Spielen, Experimentierkästen, DVDs, Autoren und Aktivitäten findest du unter **kosmos.de**

MIX
Papier aus verantwortungsvollen Quellen
FSC® C014496

Gedruckt auf chlorfrei gebleichtem Papier

ISBN 978-3-440-14837-2
Redaktion: Annemarie Chiappetta
Lektorat: Nina Schiefelbein
Produktion, Layout und Satz: DOPPELPUNKT, Stuttgart
Druck und Bindung: GGP Media GmbH, Pößneck
Printed in Germany / Imprimé en Allemagne

Die drei ???®

Im Reich der Ungeheuer

Willkommene Störung

Kein Lüftchen regte sich an diesem drückend heißen kalifornischen Sommertag auf dem Gelände des Gebrauchtwarencenters Titus Jonas. Die drei Detektive Justus Jonas, Peter Shaw und Bob Andrews befanden sich in ihrer geheimen Zentrale, einem umgebauten, vollständig unter einem Schrottberg verborgenen Wohnwagen, und ackerten sich durch das noch unsortierte Protokollmaterial ihres letzten Falls. Eine notwendige, aber nicht gerade beliebte Tätigkeit, zumal bei diesen Temperaturen.

»Mannomann ...« Leise stöhnend wischte sich Peter über die schweißnasse Stirn. »Kann es sein, dass dieser famose Ventilator die Saunaluft hier im Raum einfach nur hin- und herschiebt, statt uns abzuküh–«

In diesem Moment klingelte das Telefon. Neugierig nahm Justus den Hörer ab und drückte gleichzeitig die Verstärkertaste, damit seine Freunde mithören konnten. »Justus Jonas von den drei Detektiven.«

»Hier Robertson, Wally Robertson«, meldete sich die heisere Stimme eines älteren Mannes. »Ich habe kürzlich einen Bericht über euch gelesen. Stimmt es, dass man euch engagieren kann, um ... Probleme zu lösen?«

»Ja, das ist zutreffend, Sir. Darf ich fragen, um was für ein Problem es sich handelt?«

»Das sage ich euch, wenn ihr hier seid«, wiegelte der Anrufer ab. »Könnt ihr sofort herkommen? Wir brauchen eure Hilfe möglichst schnell – insbesondere die von Bob Andrews.«

Justus hätte gar nicht erst in die Gesichter seiner Freunde blicken müssen, um sicher zu sein, dass ihnen diese Abwechslung auch ohne nähere Informationen nur allzu willkommen war. Nachdem er von Mr Robertson die Adresse erhalten und das Gespräch beendet hatte, deutete er vielsagend auf den dritten Detektiv. »Da benötigt jemand offenkundig die Fähigkeiten eines begabten Rechercheurs.«
Nachdenklich kratzte sich Peter an der Schläfe. »Ein Wally Robertson mit Anschrift in den Hollywood Hills? Irgendetwas klingelt da bei mir … Ja, ich bin mir ziemlich sicher, dass Dad diesen Namen vor einiger Zeit mal erwähnt hat, aber ich komme nicht drauf, warum.«
Peters Vater arbeitete in der Filmbranche als Experte für Spezialeffekte und kam immer wieder mit interessanten Persönlichkeiten aus Hollywood in Kontakt.
Tatendurstig richtete sich Bob auf und streckte sich. »Dann schlage ich vor, dass du jetzt bei deinem Vater anrufst, um die Erinnerungslücke zu schließen. Währenddessen radele ich nach Hause und hole mein Auto.«
»Guter Plan«, stimmte Justus zu. »Und ich werde mal schauen, ob im Internet etwas Brauchbares über Mr Robertson zu finden ist.«
Sie machten sich an die Arbeit. Wegen eines Kundengesprächs konnte Justus am Computer jedoch nur einen kurzen Blick auf alte Zeitungsfotos und eine Aufnahme der Robertson-Villa werfen. Für wirklich nützliche Informationen würde also Peter sorgen müssen.
Gute fünfzehn Minuten später waren die drei Detektive startklar. Als Erstes kurbelten die Jungen die Fenster des VW

Käfers herunter, um im stark aufgeheizten Innenraum für etwas Durchzug zu sorgen. Doch trotz des Fahrtwinds blieb die Temperatur auf stabilem Sahara-Niveau.

»Und?«, fragte Bob an Peter gewandt. »Kennt dein Dad diesen Wally?«

»Das nicht. Aber er hat kürzlich mit einem Kollegen vom Fernsehen zusammengearbeitet, der eine Dokumentation über ›vergessene Helden der Traumfabrik‹ plant. Mein Dad hat mir dessen Nummer gegeben und ich habe ihn tatsächlich gleich erreicht. Noch ist nichts spruchreif, aber falls das Projekt umgesetzt wird, soll auch Wally Robertson darin vorkommen. Man hat schon Kontakt zu ihm aufgenommen.«

Überrascht blinzelte Justus. »Man höre und staune! Wie genau wurde Mr Robertson denn zu einem – wenn auch vergessenen – Hollywood-Helden?«

»Als Stuntman. Er muss wirklich gut gewesen sein und hat als junger Mann noch mit den großen Stars des sogenannten ›Goldenen Zeitalters‹ zusammengearbeitet. Die Schauspieler, die er in gefährlichen Szenen gedoubelt hat, sind echte Filmlegenden: James Stewart, Gregory Peck, Henry Fonda und so weiter.«

»Wow …«, entfuhr es Bob, während er einen mit mehreren Surfbrettern beladenen Pick-up überholte. »Stuntman ist schon ein irrer Beruf. Eigentlich machen solche Leute doch in Wahrheit das große Kino aus. Was wären all die tollen Abenteuer- und Actionfilme ohne die spektakulären Kämpfe, Verfolgungsjagden, Karambolagen und halsbrecherischen Sprünge von Klippen oder Hochhäusern?«

»Nur halb so sehenswert«, stimmte der Erste Detektiv zu. »Man kann diese Stuntmänner und -frauen also tatsächlich mit Fug und Recht als Helden der Traumfabrik bezeichnen.«
Peter nickte. »Während seiner Karriere hat Mr Robertson sogar ein paar Stuntrekorde aufgestellt. Beispielsweise mit Motorradsprüngen von Wolkenkratzern, bei denen er erst in letzter Sekunde den Fallschirm ausgelöst hat. Solche Aktionen haben für eine Menge Aufsehen gesorgt, und prompt verpasste ihm die Presse den Spitznamen *Mighty Wally*.«
Bob pfiff durch die Zähne. »Der ›mächtige Wally‹ war also früher ein richtiger Promi. Sonst stehen Stuntleute ja nicht so im Rampenlicht. Ich weiß nicht mal, ob ich überhaupt einen mit Namen kenne.«
»Doch, auch in der Stunt-Szene gab und gibt es echte Berühmtheiten«, setzte Justus zum Dozieren an. »Neben Evel Knievel war wohl der frühere Rodeo-Star Yakima Canutt der Bekannteste. Er ist vor allem mit seinen grandiosen Western-Stunts auf Pferden und Kutschen in die Filmgeschichte eingegangen, unter anderem als Double für die Cowboy-Ikone John Wayne. Er war also im wahrsten Sinne des Wortes ein ›Vorreiter‹ der Stuntkunst.«
»Du und dein Lexikonwissen, unglaublich.« Peter schnaubte verblüfft. »Aber irgendwann kommt noch mal der Tag, an dem ich dich mit einem Thema überrasche, von dem du nicht den geringsten Schimmer hast.«
Bob grinste. »Dann darf's also nichts mit Essen zu tun haben.«
Bevor der für seinen stattlichen Appetit bekannte Erste Detektiv auf diese immer wieder beliebte Neckerei reagieren konnte, klingelte sein Handy. Irritiert erkannte er an der

angezeigten Nummer, dass er von zu Hause aus angerufen wurde. Da Onkel Titus derzeit einen Kunden besuchte, konnte es nur Justus' Tante sein.
»Tante Mathilda?«, fragte er überrascht, nachdem er die Annahmetaste gedrückt hatte. »Ist etwas passiert?«
»Das werdet ihr selbst herausfinden müssen, Justus«, erwiderte Mrs Jonas. »Ich wollte euch nur schon mal vorwarnen.«
Der erste Detektiv stutzte. »Vorwarnen?«
»*Vorwarnen?*«, wiederholte Peter alarmiert, wurde von Justus jedoch mit einer energischen Geste zur Ruhe angewiesen.
»Hier hat gerade eine unglaublich schwerhörige Frau angerufen, die euch dringend sprechen will«, erklärte Tante Mathilda. »Es hat eine ganze Weile gedauert, bis ich mit ihrem Gebrabbel etwas anfangen konnte, aber offenbar handelt es sich um den größten Notfall aller Zeiten. Deshalb habe ich ihr deine Handynummer gegeben – wundere dich also nicht, wenn du gleich ein keifendes Nervenbündel am Apparat hast.«
»Da bin ich ja mal gespannt«, entgegnete Justus mit krauser Stirn. »Vielen Dank auf jeden Fall für die Ankündigung.«
»Gern geschehen. Aber stellt mir bloß nicht wieder irgendeinen gefährlichen Unfug an!« Tante Mathildas mahnend erhobener Zeigefinger war selbst per Telefon wahrnehmbar.
»Wir werden uns bemühen, versprochen«, beschwichtigte der Erste Detektiv und legte auf.
»Probleme bei deiner Tante?«, erkundigte sich Bob.
»Nein, zu Hause ist alles in Ordnung. Aber wie es scheint, benötigt noch jemand unsere Hilfe. Und dieser Jemand hat–«
Wie aufs Stichwort klingelte erneut Justus' Handy. Neugie-

rig nahm er das Gespräch entgegen. »Hier Justus Jonas von den drei Detektiven.«

»*Na endlich!*«, quäkte ihm eine knarzig-dröhnende Frauenstimme ins Ohr, die sofort nahtlos weiterplapperte. »Für ein Dienstleistungsunternehmen seid ihr aber furchtbar schlecht erreichbar, das muss ich in aller Deutlichkeit bemängeln! Erst hatte ich eine *viel* zu leise sprechende Dame von irgendeinem Gebrauchtwagenzentrum am Apparat, die partout nicht begreifen wollte, worum es geht. Es hat *ewig* gedauert, bis sie den Ernst der Lage erkannt hat – daraufhin gab sie mir eine elend lange Handynummer durch, bei der ich ungefähr zwanzig Anläufe fürs Notieren gebraucht habe. Und nachdem ich den ganzen Zahlensalat dann endlich mühsam in mein Telefon getippt hatte, war als Krönung auch noch besetzt!«

In Gedanken sandte Justus seiner Tante ein herzliches Dankeschön für ihre Warnung vor der verschrobenen Anruferin.

»Ich hatte schon befürchtet, dass sich ein Zahlendreher in die Nummer geschlichen hat, aber beim zweiten Mal bin ich dann ja, Gott sei Dank, doch noch durchgekommen«, fuhr die Dame ohne Punkt und Komma fort. »Nicht auszudenken, wenn ich noch mal bei dieser begriffsstutzigen Autofrau –«

»Es tut mir leid, dass sich die Kontaktaufnahme so beschwerlich gestaltet hat, aber jetzt haben Sie es ja geschafft«, versuchte Justus den Redeschwall einzudämmen. »Darf ich zunächst nach Ihrem werten Namen fragen?«

»Du hast wohl nicht alle Tassen im Schrank!«, keifte seine offenbar tatsächlich stark schwerhörige Gesprächspartnerin zurück. »Davon kann überhaupt keine Rede sein!«

Justus hatte keine Ahnung, was die Dame verstanden zu haben glaubte, aber es schien sie heftig zu empören.
»Wenn's so einfach wäre, würde ich ja wohl keine Detektive alarmieren, sondern einfach den nächstbesten Klempner!«
Obwohl die Anruferin es natürlich nicht sehen konnte, hob Justus begütigend die Hand und formulierte zur Verwunderung von Bob und Peter seine nächsten Worte erheblich lauter als zuvor. »Verzeihen Sie bitte das Missverständnis! Um was für ein Problem handelt es sich denn?«
Zwar war das bisherige Telefonat schon überaus sonderbar verlaufen, dennoch ließ die nun folgende Antwort Justus heftig zusammenzucken.
»Problem?? Ich werde dir sagen, was ich für ein Problem habe, Söhnchen: Man will mich umbringen!«

Aus eins wird zwei

Während des anschließenden mühsamen Gesprächs versuchte der Erste Detektiv nähere Einzelheiten über die Art der Bedrohung zu erfahren. Doch die hörgeschädigte Dame, die sich nach einigem Hin und Her als Hedra Flagstaff vorstellte, bestand darauf, diese sensiblen Informationen den drei ??? nur von Angesicht zu Angesicht preiszugeben. Bob hatte inzwischen verunsichert am Straßenrand gehalten.

Da Justus mit seinen Nachfragen nicht weiterkam, ließ er sich schließlich notgedrungen die Anschrift der Frau geben und legte dann stirnrunzelnd auf.

Ruckartig beugte sich Peter zu ihm vor. »Habe ich das richtig verstanden? Diese Frau will uns engagieren, weil sie glaubt, dass sie in Lebensgefahr ist?!«

»Immer mit der Ruhe«, beschwichtigte Justus. »Wie ihr ja vermutlich bemerkt habt, bin ich aus dem Gespräch mit Mrs Flagstaff nicht wirklich schlau geworden. Insofern kann ich zum jetzigen Zeitpunkt nicht beurteilen, ob tatsächlich eine wie auch immer geartete reale Gefährdungslage besteht.«

»Hm …«, murmelte Bob nachdenklich. »Es war ja überdeutlich, dass die Dame einen starken Hörschaden hat. Vielleicht ist das Ganze ja nur ein verrücktes Missverständnis, weil sie irgendetwas in ihrer Umgebung falsch aufgeschnappt hat.«

Der Erste Detektiv zuckte mit den Schultern. »Durchaus denkbar, aber vorerst bleibt es reine Spekulation.«

»Und was machen wir jetzt?«, wollte Peter wissen. »Wir werden doch von Mr Robertson erwartet.«

»Völlig richtig«, bestätigte Justus. »Wir haben ihm unser rasches Kommen zugesagt und das werden wir auch einhalten.« Er machte eine ausgreifende Handbewegung. »Allerdings gilt unser Firmenmotto ›Wir übernehmen jeden Fall‹ ausdrücklich für *jeden* Klienten, also auch für halb taube Damen mit möglicherweise unbegründeten Angstzuständen. Deshalb sind wir es schon allein unserer detektivischen Sorgfaltspflicht schuldig, die Situation vor Ort zu überprüfen.«

»Dem ist wohl nichts hinzuzufügen«, sagte Bob trocken.

Peter seufzte leise. »Okay, also teilen wir uns auf?«

»Korrekt.« Justus öffnete das Handschuhfach, zog eine von insgesamt elf verschiedenen Straßenkarten heraus und entfaltete sie. »Mrs Flagstaff wohnt in der Hammond Street in West Hollywood. Zeitlich dürfte dieser Abstecher vertretbar sein. Notfalls könnt ihr Mr Robertson ja anrufen und Bescheid sagen, dass sich eure Ankunft ein wenig verzögert.«

Bob ließ den Motor wieder an. »Daraus schließe ich, dass wir dich unterwegs absetzen sollen, damit du die Gefährdungslage bei dieser Mrs Flagstaff prüfen kannst.«

»Das schließt du richtig. Vielleicht ist die Sache ja wirklich falscher Alarm und schnell geregelt. Dann komme ich euch nach oder Peter holt mich ab. Wie es scheint, benötigen die Robertsons ja in erster Linie die Hilfe unseres Dritten.« Justus strich die Straßenkarte auf seinem Schoß glatt. »Da dieser Punkt jetzt geklärt ist, sollten wir uns noch einmal den Informationen aus Peters Telefonat zuwenden, damit wir alle auf demselben Wissensstand sind. In dieser Dokumentation soll es ja um *vergessene* Helden gehen. Kannst du etwas dazu sagen, Zweiter, warum unseren Mr Robertson im Unterschied zu anderen Größen seines Fachs heute niemand mehr kennt?«

»Das hängt wohl mit seinem Charakter zusammen«, gab Peter zurück. »Laut diesem Fernsehtyp war Mr Robertson schon immer sehr verschlossen und öffentlichkeitsscheu. Eigentlich kaum vorstellbar bei einem baumlangen Kerl von knapp zwei Metern, der sich in brennenden Trucks von Steilklippen gestürzt hat.« Der Zweite Detektiv rieb sich über den glühenden Nacken. »Jedenfalls war Mr Robertson der Presse gegenüber immer sehr zurückhaltend und hat so gut wie niemals Interviews gegeben. Auch zu seinen Kollegen hatte er offenbar kaum engeren Kontakt.«

Justus strich sich eine Strähne aus der schweißnassen Stirn. »Ein überschüchterner Stuntman-Star. Sachen gibt's.«

»Außerdem hat sich Mr Robertson schon vor über zwanzig Jahren vorzeitig zur Ruhe gesetzt«, ergänzte Peter. »Damals war er erst Mitte vierzig.«

»Konnte er sich das denn finanziell leisten?«, fragte der dritte Detektiv verwundert.

Peter nickte. »Das hab ich diesen Fernsehmann auch gefragt, und die Antwort lautet: Ja. *Mighty Wally* war einer der bestbezahlten Stuntmen seiner Zeit und hat vor seinen Weltrekorden wohl jedes Mal hohe Prämien ausgehandelt. So wurde er zum reichen Mann. Nach seinem Karriere-Ende hat er sich dann komplett zurückgezogen und lebt seitdem mit seiner Frau wie ein Einsiedler in einer Villa in den Hollywood Hills.«

»So schwand er aus dem allgemeinen Gedächtnis und wurde zu einem vergessenen Helden«, resümierte Justus und blickte durch das offene Seitenfenster auf die zerklüftet-staubige Küstenlandschaft entlang des Pacific Coast Highway. Durch den immer zäher werdenden Verkehr kamen sie nur noch quälend langsam voran. »Umso erstaunlicher, dass dieser menschenscheue Sonderling nun drei wildfremde Jugendliche um Hilfe bittet. Das muss ja wahrlich ein spezialgelagertes Problem sein …«

Um einen langen Stau vor Santa Monica zu umgehen, entschloss sich Bob kurzerhand für eine Ausweichroute durch Pacific Palisades und Brentwood. Zwanzig Minuten später hatten sie den Wilshire Boulevard erreicht, eine der wichtigsten Ost-West-Verbindungen von Los Angeles. Hier war es erheblich stickiger als auf dem Highway, wo sie wenigstens eine salzig-frische Seebrise begleitet hatte.

Justus stöhnte leise. Dann schüttelte er energisch den Kopf. »Da der Zweck einer *Frisch*luft-Zufuhr momentan komplett ad absurdum geführt wird, beantrage ich hiermit eine sofortige Schließung der Fenster.«

»Antrag angenommen«, stimmten Bob und Peter sofort zu.

Tatsächlich war der beißende Cocktail aus Abgasen und Schwebstaub, der wie eine Dunstglocke über diesem Teil der Stadt hing, im wahrsten Wortsinne atemberaubend. Der berüchtigte L.-A.-Smog machte seinem Namen in diesem Sommer wieder einmal alle Ehre.

Die Hochhausfassaden entlang der zeitweise zehnspurigen Hauptverkehrsader wichen nach dem Abzweig über den Whittier Drive nur allmählich der abwechslungsreicheren Kulisse des Sunset Boulevard mit seinen farbenfrohen Werbetafeln, Motels und Geschäften.

Dösend ließ der Zweite Detektiv seinen Blick vom hitzeflirrenden Asphalt zu den kleinen Fächerkronen der bis zu fünfzig Meter hohen Petticoat-Palmen emporwandern, die auf beiden Seiten in langen Reihen die Straßen säumten. Peter wusste, dass die Stadtverwaltung diese eleganten Gewächse, die aber so gut wie keinen Schatten spendeten, liebend gerne gegen Laubbäume mit deutlich breiteren Kronen austauschen würden. Doch er hoffte, dass diese heimlichen Wahrzeichen von Los Angeles noch lange das Bild der Metropole prägen würden.

»Ob das Anliegen von Mr Robertson mit seiner Vergangenheit als Stuntman zusammenhängt?«, fragte Bob in die bleierne Stille hinein.

»Durchaus denkbar«, erwiderte Justus. »Allerdings hätte es aus seiner Sicht dann doch vermutlich nähergelegen, direkt vor Ort ein Detektivbüro zu kontaktieren.«

»Solange wir bei dieser Affenhitze nicht selber irgendwelche Stunts vorführen sollen, ist mir jeder Auftrag recht«, bekundete Peter und wedelte sich stöhnend mit einem Werbeprospekt, den er auf der Rückbank gefunden hatte, Luft zu. »Hoffentlich stellt Mr Robertson uns zur Begrüßung einen großen Eimer Mineralwasser hin.«

Eine knappe Viertelstunde später hatten sie endlich ihr erstes Ziel erreicht und Justus lotste den dritten Detektiv zur Adresse von Mrs Flagstaff. Es handelte sich um ein unscheinbares sandfarbenes Apartmenthaus, das zwischen einem edlen, ganz in mattem Schwarz gehaltenen Café und der mit funkelnden Pailletten besetzten Baldachinfront einer Modeboutique wie ein trister Fremdkörper wirkte. Das gedrungene, zweigeschossige Gebäude verriet auf den ersten Blick, dass es seine besten Jahre hinter sich hatte. An etlichen Stellen bröckelte der Putz, die offen stehende Eingangstür benötigte dringend einen neuen Anstrich und die winzige Rasenfläche im Vorgarten war vollkommen verdorrt, sodass sie eher dem staubgrauen Fell eines struppigen Kojoten glich.

»Hier trennen sich also vorerst unsere Wege«, stellte Justus fest, legte die Karte zurück ins Handschuhfach und stieg aus. »Ich melde mich bei euch, sobald die Situation geklärt ist.«

»Sollen wir nicht doch noch schnell mitkommen und dir Rückendeckung geben?«, fragte Peter unsicher.

Justus schüttelte den Kopf. »Nein, die Robertsons warten sicherlich schon sehnsüchtig auf euch, und bei Mrs Flagstaff läuft garantiert nichts ›schnell‹. Fahrt ruhig los, ich kriege das schon hin.«

»Alles klar, Chef.« Bob tippte sich zum Abschied an die Schläfe. »Dann viel Erfolg!«

Mit einem unbehaglichen Gefühl blickte Peter dem Ersten Detektiv hinterher und nahm dann dessen Platz auf dem Beifahrersitz ein.

Während sich der VW Käfer mit knatterndem Motor entfernte, trat Justus entschlossen durch die offene Tür ins Haus. Im schmalen Flur, der in schummriges Halbdunkel getaucht war, schien es trotz einer laut summenden Klimaanlage keinen Deut kühler zu sein als draußen. Es roch unappetitlich nach einer Mischung aus Tabakqualm, WC-Reiniger und zu oft verwendetem Frittier-Öl. Auf abgewetztem Linoleumboden durchquerte Justus den engen Gang, hielt vor der Tür mit der Nummer drei und klopfte. Hedra

Flagstaff hatte offenbar schon mit der Klinke in der Hand auf den Besuch gewartet, denn nahezu in derselben Sekunde wurde die Tür aufgerissen. Beim Anblick des hochroten Gesichts der circa siebzig Jahre alten Dame mit schwarz gefärbter Pagenkopffrisur wich Justus intuitiv einen Schritt zurück. Die Frau weckte in ihm sofort Assoziationen an eine grantige Oma aus dem Werbefernsehen, die ständig herummeckerte, bis sie schließlich einen schicken Sandwichtoaster geschenkt bekam. Zu dumm nur, dass der Erste Detektiv keinen solchen zur Hand hatte.

Sogleich begann die Frau, die ein türkis geblümtes Schürzenkleid trug, dröhnend loszukeifen. »Na endlich! Das hat ja eine halbe Ewigkeit gedauert! Ich dachte schon, ihr …« Sie stockte, beugte in einer ruckhaften Bewegung, die Justus an eine pickende Taube erinnerte, den Oberkörper vor und äugte irritiert in den Flur hinein. »Wo … wo sind denn die anderen beiden?? Ich hatte doch ausdrücklich die *drei* Fragezeichen bestellt! Für einen Einzelnen ist das Ganze viel zu gefährlich!«

Beschwichtigend lächelte Justus. »Ich bedaure, aber meine Kollegen haben einen Termin bei einem anderen Klien–«

»Willst du mich verkohlen?«, unterbrach ihn die Frau schrill. »Kein Schwein geht bei so einem Wetter in die Sauna!«

Mrs Flagstaff hatte offenkundig nicht nur am Telefon Verständnisschwierigkeiten, war jedoch wohl zu eitel, um ein Hörgerät zu benutzen. Oder aber sie sah das Problem gar nicht bei sich selbst, sondern allein bei ihren Mitmenschen, die allesamt unfähig waren, klar und deutlich zu sprechen.

In merklich lauterem Tonfall setzte Justus erneut an. »Es tut

mir sehr leid, dass meine Freunde verhindert sind, aber ich versichere Ihnen, dass auch ich allein Sie mit Rat und Tat unterstützen werde.«
Unwirsch schüttelte die Dame den Kopf und murmelte leise vor sich hin. »Schlecht ist das. *Sehr, sehr* schlecht.«
Justus versuchte, sein zuversichtliches Lächeln noch zu intensivieren, und machte eine ermutigende Handbewegung. »Für den Anfang wäre es wohl das Beste, wenn Sie mir erst mal die Sachlage erläutern würden, damit ich mir ein Bild von der Gefahr machen kann, die Sie belastet.«
Schlagartig verhärteten sich die Gesichtszüge der Frau, während ihre stechend kleinen Augen den Ersten Detektiv regelrecht durchbohrten. »Du willst dir ein Bild machen? Das kannst du haben!« Mit verblüffender Kraft packte sie nun ihren Gast an der Schulter, zog ihn in ein dämmriges, völlig zugestelltes und durchdringend nach Tabakrauch riechendes Wohnzimmer und wies mit ausgestrecktem Arm auf eine ovale Kommode. »Ist dieses Bild für dich ausreichend??«
Entgeistert riss Justus die Augen auf. Binnen eines einzigen Moments hatte sich die Annahme, bei Mrs Flagstaffs Notfall könnte es sich vielleicht um ein harmloses Missverständnis handeln, radikal zerschlagen …

Die Uhr tickt

»Also, allmählich müsste ich gar sein.« Ächzend beugte Peter den Oberkörper vor, um seine klatschnasse T-Shirt-Rückseite vom glühend heißen Plastiksitz zu lösen. »Nichts gegen dein treues Auto, aber so langsam möchte ich dann doch aus diesem fahrenden Kugelgrill raus.«

»Keine Panik, ungeduldiger Freund.« Bob tippte an die Windschutzscheibe, vor der die ersten Ausläufer einer sanft ansteigenden Hügelkette zu erkennen waren. »Unsere Maschine wird in Kürze zum Landeanflug übergehen.«

Die beiden Detektive fuhren gerade ein kurzes Stück den berühmten Sunset Strip entlang. Für die schicken Boutiquen, Restaurants, Bars und Musikclubs hatten die Jungen jedoch keinen Blick. Kommentarlos durchquerten sie die glitzernden Fassaden und hielten nach der richtigen Abzweigung Ausschau. Schließlich hatte Peter sie entdeckt und der Anstieg in die malerische Hügellandschaft konnte beginnen.

»Wir waren ja schon öfter mal hier, aber ich bin immer wieder erstaunt, wie schnell man das Gefühl bekommt, in eine ganz eigene Welt einzutauchen«, stellte Bob fest, während sein Käfer sich die kurvenreiche, von üppigen Oleanderbüschen eingerahmte Bergstraße emporschlängelte.

»Stimmt, alles ist plötzlich viel ruhiger, so als ob …« Peter dachte über einen passenden Vergleich nach. »Ja, als ob jemand bei einer nervig im Hintergrund brummenden Waschmaschine den Stecker gezogen hätte. Und all das Grün nach dem ganzen Glitzerkram …«

Das Villenviertel Hollywood Hills zählte in der Tat zu den am dichtesten bewachsenen Stadtteilen von Los Angeles. Dies hatte die Wohltat zur Folge, dass die dunstige Luft sich mit jedem Höhenmeter zu klären begann. Eine wahre Panorama-Oase hoch über der Stahl- und Betonwüste von L.A., gekrönt vom legendären Hollywood-Schriftzug.
Bob öffnete das Fenster. »Kein Wunder, dass sich hier die High Society angesiedelt hat.« Er deutete auf einige der prachtvollen Luxusbauten, die dank ausgeklügelter Pfeilerkonstruktionen wie gläserne Vogelnester oder futuristische Ufos an den Berghängen zu schweben schienen.
Umso stärker fiel der Kontrast zu Mr Robertsons Anwesen aus, das nach einer scharfen Kurve plötzlich hinter übermannshohen Flanellbüschen vor den beiden Detektiven aufragte.
»Das ist sie also, Wally Robertsons Festung der Einsamkeit«, stellte Peter fest, während sie die gekieste Auffahrt hinauffuhren.
Der wuchtige, aus schiefergrauem Granit erbaute Quader hatte nichts von der Eleganz und Leichtigkeit der Nachbarhäuser mit ihren hellen Konturen und großen Fensterfronten. Stattdessen strahlte das düstere Gebäude mit seinen dicken Säulen, die wie monumentale Gitterstäbe wirkten, Unnahbarkeit und Kälte aus.
Bob runzelte die Stirn. »Schon schräg: mitten im Herzen von Hollywood und trotzdem vollkommen abgeschottet.«
»Ziemlich gruselig, dieser Riesenbunker, wenn du mich fragst«, murmelte Peter, der sich plötzlich nicht mehr ganz so sicher war, ob ein Treffen mit dem seltsamen Mr Robert-

son wirklich eine gute Idee war. Nach dem Aussteigen hielt er kurz inne und drehte sich noch einmal zum Hang um. Gedankenverloren ließ er seinen Blick über die entfernt blinkende Blechlawine des Mulholland Highway nach Nordosten schweifen. Am Horizont flirrte die imposante Skyline von Downtown Los Angeles im Dunst der sengenden Spätnachmittagshitze. Die silbergrau schimmernde Silhouette des U.S. Bank Tower erinnerte Peter unwillkürlich an den blank polierten Lauf eines gigantischen Revolvers, der drohend auf die Sonne zielte.

»Kommst du?«, fragte Bob ungeduldig. Er hatte bereits die breite Natursteintreppe erklommen.

»Schon unterwegs«, brummte Peter. Als er zögerlich seinem Freund folgte, stieg das mulmige Gefühl in ihm auf, dass hinter den dunklen Fenstern der Villa zahlreiche Augen auf die Jungen hinabstarrten.

Justus blickte ungläubig auf das vor ihm liegende Polaroidfoto. Es zeigte eine Dame mit zitronengelber Strickjacke, die in einem Café – dem mattschwarzen Mobiliar nach mutmaßlich in dem nebenan – saß und eine Zeitschrift las: zweifellos Mrs Flagstaff. Das Bild war offenkundig von der anderen Straßenseite aus aufgenommen worden. Nicht die Szenerie jedoch war es, die den Ersten Detektiv alarmierte, sondern das blutrote Fadenkreuz, das direkt auf den Kopf der Dame gezeichnet worden war. Als unheilvolle und unmissverständliche Ergänzung haftete am unteren Rand des Fotos ein aufgeklebter blassgelber Papierschnipsel, auf dem in computergeschriebener schwarzer Schrift stand:

»Das … ist in der Tat in höchstem Maße besorgniserregend«, stellte Justus fest – allerdings in zu geringer Lautstärke, wie sich sofort herausstellte.
»Blödsinn!«, fuhr ihn Mrs Flagstaff gereizt an. »Das sieht doch ein Blinder mit ’nem Krückstock, dass *ich* das bin!«
Der Erste Detektiv nickte eifrig und antwortete deutlich lauter: »Sie haben vollkommen recht. Wie haben Sie dieses Foto denn erhalten?«
Die Frau deutete energisch auf den Boden. »Jemand hat’s mir unter der Tür durchgeschoben. Gefunden hab ich es gegen vier Uhr, aber es kann auch schon eine Weile da gelegen haben.« Sie warf einen verstohlenen Blick in den vollkommen überfrachteten Raum. »Es ist hier ein bisschen … unübersichtlich.«
Erst jetzt bemerkte Justus, womit das gesamte Wohnzimmer vollgestellt war. Es handelte sich um dutzende beinahe schulterhohe, sorgfältig aufeinandergeschichtete Stapel von Magazinen. Die teilweise mit Tüchern abgedeckten Papiersäulen standen so eng nebeneinander, dass man sich nur auf festgelegten Routen an ihnen vorbeischlängeln konnte, um in die anderen Räume zu gelangen.
»Dass das gleich klar ist – ich bin *kein* Messie!«, verkündete Mrs Flagstaff mit Nachdruck. Ganz offensichtlich hatte sie sich schon häufiger dazu veranlasst gesehen, sich für ihre außergewöhnliche Einrichtung zu rechtfertigen. »Ich bin bloß eine leidenschaftliche Sammlerin, das ist alles!«
Tatsächlich erkannte Justus bei näherer Betrachtung der

Magazinrücken, dass der erste Eindruck eines heillosen Durcheinanders täuschte. Das vermeintliche Chaos besaß durchaus System, nämlich eine penibel sortierte Chronologie. Offensichtlich sammelte Mrs Flagstaff seit etlichen Jahren Ausgabe für Ausgabe von *Starview*, einem Boulevard-Magazin, das sich dem Alltags- und Liebesleben der Reichen und Schönen von Hollywood widmete. Warum sie dies allerdings nicht mittels Regalen oder Kisten tat, sondern in Form frei stehender Stapeltürme, blieb ihr Geheimnis.
Skurrile Sammelvorlieben waren Justus nach all den Hausbesuchen an der Seite seines Onkels auf der Suche nach verkäuflicher Trödelware oder seltenen Antiquitäten durchaus nicht fremd. Deshalb winkte er nur lächelnd ab. »Machen Sie sich deswegen keine Gedanken, Madam – jeder hat eben seine Hobbys.« Mit krauser Stirn fokussierte er seine Konzentration nun wieder auf das Beweisstück. »Verstehen Sie mich bitte nicht falsch, aber können Sie mit Gewissheit ausschließen, dass es sich bei der Sache um … einen geschmacklosen Scherz handelt?«
»Ein Scherz??« Verächtlich stieß Mrs Flagstaff die Luft aus. »Ich weiß ja nicht, mit welchen Leuten *du* Umgang hast, aber in *meinem* Bekanntenkreis ist es nicht üblich, sich zum Spaß Morddrohungen zu schicken!«
Justus biss sich kurz auf die Unterlippe, verzichtete jedoch auf den Hinweis, dass derlei Erkundigungen im Vorfeld einer Ermittlung unverzichtbar waren. »Okay … einen harmlosen Hintergrund können wir also mit hoher Wahrscheinlichkeit ausschließen. Somit ist davon auszugehen, dass der unbekannte Absender seine Drohung ernst meint.«

Mrs Flagstaff nickte energisch. »Da kannst du einen drauf lassen, dass das ernst gemeint ist – todernst!« Mit ihrem knorrigen Zeigefinger deutete sie auf eine Art Lichtung im Stapelgebirge, auf der sich ein runder Glastisch und zwei Korbstühle befanden. »Aber jetzt setzen wir uns erst mal. Meine Knie sind schon dick wie Kokosnüsse.«

Nachdem sie Platz genommen hatten, zauberte Mrs Flagstaff ein braunes Etui aus den Falten ihres Schürzenkleids hervor, zückte einen Zigarillo und steckte ihn mit einem Streichholz an. Augenblicklich wurde der Raum von einer Woge aus beißendem Vanille-Ingwer-Qualm geflutet. Sie nahm zwei tiefe Züge und gab ein lautes Ächzen von sich. »Es ist doch wirklich eine Sauerei, einer ehrbaren, hilflosen Seniorin so etwas anzutun!«

»Da stimme ich Ihnen voll und ganz zu«, erwiderte der Erste Detektiv, während er die aufsteigenden Rauchwölkchen beobachtete.

»Wie sieht's denn nun mit deinen Kumpels aus?«, wollte Mrs Flagstaff wissen. »Wann holst du die beiden endlich her?«

»Das entscheide ich in Kürze«, versicherte Justus. »Darf ich zunächst fragen, ob Sie schon erwogen haben, die Polizei hinzuzuziehen?«

»Polizisten kommen mir nicht ins Haus!«, brach es heftig aus Mrs Flagstaff hervor. Sie deutete vielsagend auf die Magazintürme. »Diese Leute stellen ununterbrochen Fragen zu Dingen, die sie *überhaupt* nichts angehen, faseln irgendwas von Brandschutz und Sicherheitsbestimmungen, und zum Schluss hat man Angst, dass sie einem die Wohnung ausräumen!«

Justus hob die Augenbrauen. »Hat einer Ihrer Nachbarn mal wegen Ihrer … besonderen Sammlung die Polizei informiert?«

»Von wegen Nachbarn, das war mein zukünftiger Ex-Mann!«, erwiderte Mrs Flagstaff barsch. »Dieser alte Mistsack ist vollkommen durchgedreht – hat behauptet, ich würde nur noch in meiner Hochglanzheftchen-Traumwelt leben, von der man mich dringend befreien müsse. Unfassbar, oder?! Den Kerl habe ich so schnell abserviert, da hätte sich sogar Liz Taylor noch 'ne Scheibe abschneiden können!«

Nachdenklich verschränkte Justus jetzt die Arme vor der Brust. »Eine Trennung im Streit also … Liegt das schon länger zurück?«

Ungerührt schüttelte die Dame den Kopf. »Nee, das war letzten Monat. Achtkantig hab ich ihn rausgeschmissen – seither ist er bei seinem Schwager in Torrance untergekrochen.«

»Somit sind die Emotionen noch frisch«, folgerte der Erste Detektiv und betrachtete erneut das rote Fadenkreuz. »Ich hoffe, Sie entschuldigen meine direkte Frage, aber halten Sie es für möglich, dass Ihr Mann aus Rache zu einer solchen Aktion fähig wäre?«

»Tyrone? Dieser Waschlappen?« Mrs Flagstaff winkte höhnisch ab. »Nie und nimmer hätte der den Mumm für so was! Aus Angst, dass ich dahinterkomme und ihn drankriege, würde der sich glatt einnässen.«

»Das kann ich mir vorstellen …«, flüsterte Justus leise.

Zögernd tippte sich die resolute Frau ans Kinn. »Aber vielleicht hat er einen seiner elenden Pokerfreunde zu der Sache angestiftet, damit der Feigling sich nicht selbst die Hände schmutzig machen muss.« Sie schnaubte abfällig. »Halbseidene Typen allesamt. Dem einen oder anderen traue ich durchaus zu, dass er mir, ohne mit der Wimper zu zucken, das Licht ausknipsen würde. Ich hatte so manchen Krach mit denen.«

»Einigermaßen unübersichtlich«, murmelte Justus und knetete seine Unterlippe.

»Jedenfalls will ich mit der Polizei nichts zu tun haben«, beharrte Mrs Flagstaff grimmig. »Probleme pflege ich selber zu lösen, aber als ich heute das Foto mit der Drohung fand, war das einfach eine Nummer zu groß. Zum Glück erinnerte ich mich an eine kleine Radioreportage über euch. Ihr hattet der wunderbaren Schauspielerin Madeleine Bainbridge geholfen – und da dachte ich sofort: *Das* sind die Richtigen!«

»Sehr schmeichelhaft, vielen Dank«, erwiderte Justus, wiederum jedoch eine Spur zu leise.

Mrs Flagstaff schüttelte verdutzt den Kopf. »Jetzt sei nicht albern – dann müsste ich mich ja komplett umziehen!«

Justus versuchte sich vorzustellen, was die Dame diesmal vernommen zu haben glaubte, dann setzte er in erheblich lauterem Tonfall neu an. »Um auf die Freunde Ihres Mannes zurückzukommen: Wie groß würden Sie den Verdächtigenkreis denn einschätzen?«

Mrs Flagstaff dachte kurz nach. »Na, die Truppe besteht aus acht Galgenvögeln, und keinem von denen würde ich für fünf Cent über den Weg trauen.«

»Acht potenzielle Täter also – und wohnen die alle in direkter Nachbarschaft?«

»Gott bewahre! Die sind übers ganze Los Angeles County verteilt, von Culver City bis Baldwin Park.«
Eine steile Sorgenfalte durchzog die Stirn des Ersten Detektivs. »Das erschwert die Ermittlungsarbeit natürlich stark.«
Überraschend heftig polterte Mrs Flagstaff zurück: »Ich hab dir doch *gleich* gesagt, dass du ohne die beiden anderen hier nicht klarkommst!«

Gefallener Held

Kaum hatte Bob den Klingelknopf betätigt, öffnete sich auch schon das massive Eingangsportal. Überrascht erkannten die beiden Jungen, dass nicht Mr Robertson selbst sie empfing. Stattdessen stand ein kleiner, korpulenter Mann Ende fünfzig mit beigefarbenem Anzug und schlecht sitzender Krawatte vor ihnen. Die wenigen verbliebenen Strähnen seines graubraunen Haarkranzes hatte er sorgsam über die rötlich glänzende Glatze gekämmt. Sichtlich irritiert blickte er die Neuankömmlinge an. »Ja, bitte?«

»Mein Name ist Bob Andrews«, stellte sich der dritte Detektiv lächelnd vor. »Und das ist Peter Shaw. Wir gehören zu dem Ermittlerteam, das Mr Robertson hierherbestellt hat.«

»Oh …« Stockend zupfte der Mann an seinem Krawattenknoten. »Ich verstehe.« Nach kurzem Zögern trat er einen Schritt zurück. »Dann werde ich euch zu ihm führen. Mein Name ist übrigens Hayward, ich bin der Hausverwalter.«

»Vielen Dank, Sir«, erwiderte Peter und folgte ihm zusammen mit Bob ins Innere. Fast wäre ihm beim Eintreten ein freudiger Seufzer entwichen, denn nach der Gluthitze im Auto war das klimatisierte Innere des Hauses eine wahre Wohltat. Die hohe, stuckgeschmückte Eingangshalle mit der mächtigen, frei stehenden Wendeltreppe besaß ein sternförmiges Deckenfenster aus rubinroten Glasornamenten, die die einfallenden Sonnenstrahlen in mattes Zwielicht verwandelten. Schwere Orientteppiche, altmodische Kronleuchter, ein reich verzierter Garderobenschrank sowie diverse gerahmte Schwarz-Weiß-Fotos früherer Filmstars und Hollywood-Diven strahlten den verstaubten Glanz einer lange vergangenen Zeit aus.

In diesem Moment hielt Mr Hayward inne, denn von der Seite kamen ihnen aus einem Flur zwei Personen entgegen. Dem Kopfnicken des Verwalters und seiner knappen Vorstellung »Die Detektive« entnahmen die Jungen, dass es sich um die Robertsons handelte. Den jetzigen Anblick hatten sie jedoch ganz und gar nicht erwartet. Statt zu einem Bären von Mann aufzuschauen, wanderten ihre Augen nach unten zu einem drahtigen Herrn mit silbergrauem Lockenschopf und sorgsam gestutztem Vollbart, der in einem altmodischen, plüschbezogenen Rollstuhl saß. Um seine Beine war eine dunkelblaue Leinendecke geschlungen, die ein Seeadlermuster zierte.

Wally Robertsons Gesundheitszustand hinderte ihn augenscheinlich daran, aus eigener Kraft zu gehen. Ob dies altersbedingt oder auf einen Unfall zurückzuführen war, ließ sich nicht beurteilen.

Bob und Peter empfanden aufrichtiges Mitleid. Wie niederschmetternd musste für einen ehemaligen Stuntman der Verlust seiner Bewegungsfreiheit sein.

Hinter Mr Robertson, die Hände zärtlich auf seine Schultern gelegt, stand eine beträchtlich jüngere, auffallend große und kräftige Frau mit hüftlangen, weißblonden Haaren und hellem Hosenanzug, die das Duo herzlich anlächelte – offenkundig seine Ehefrau. Sie machte einen deutlich aufgeschlosseneren Eindruck als ihr Gatte.

»So, ihr seid also die, äh … *zwei* Fragezeichen?«

»Zwei von dreien, ja«, erwiderte Bob höflich. »Mein Name ist Bob Andrews und das hier ist mein Kollege Peter Shaw. Unser Erster Detektiv Justus Jonas ist wegen eines Termins verhindert. Wenn ich Ihnen unsere Karte überreichen darf?«
Er zückte eine seiner Visitenkarten und gab sie der Frau, die mit anerkennender Miene vorlas:

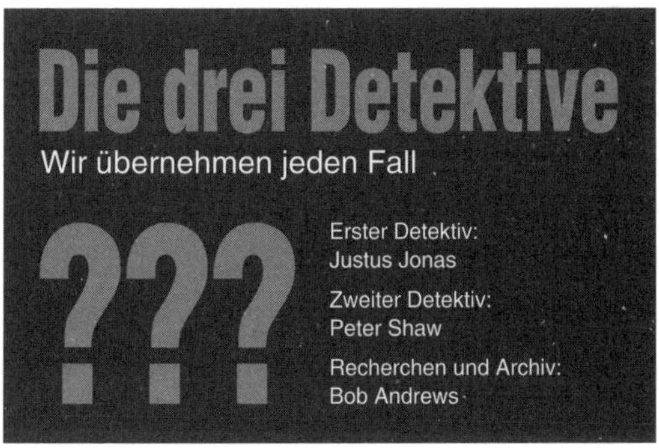

Anschließend reichte sie die Karte ihrem Mann, der leise »Danke, dass ihr so schnell gekommen seid« murmelte.
»Gern geschehen«, gab Bob zurück und deutete auf ein Fenster, hinter dem sein gelber VW Käfer zu erkennen war. »Mit einem stärkeren Motor wären wir bestimmt etwas schneller hier gewesen. Sie selbst sind aus Ihrer aktiven Zeit ja sicherlich ganz andere Fahrzeugkaliber gewohnt.«
Statt auf dieses Angebot eines lockeren Gesprächseinstiegs einzugehen, tippte Wally Robertson seiner Frau jedoch nur stumm an die Hand, woraufhin sie munter nickte und die Griffe des Rollstuhls umfasste. Sie war seine Griesgrämigkeit offenbar gewohnt und versuchte, sie durch eigene gute Laune auszugleichen.

»Ein Käfer bezaubert eben nicht durch Geschwindigkeit, sondern durch seinen Charakter«, griff sie geschickt den Faden auf und zwirbelte liebevoll eine Haarsträhne ihres Mannes, so als bezöge sich diese Aussage auch auf Mr Robertson. Dann richtete sie sich an Bob. »Du kannst übrigens gerne auf der Rückseite des Hauses parken. Neben der Garage ist noch ein freier Stellplatz unter einer Markise. Dort steht dein Auto schön im Schatten und heizt sich nicht weiter auf.«

»Großartig, vielen Dank«, erwiderte der dritte Detektiv und lief direkt zur Eingangstür zurück.

»Ein … tolles Haus … Wohnen Sie allein hier?«, erkundigte sich nun Peter, um die Wartezeit zu überbrücken.

»Wir sind zu viert«, erwiderte Mrs Robertson. »Wally und ich im zweiten Stock, Mr Hayward, unser guter Geist, hier unten im Ostflügel und meine bettlägerige Mutter, die wir pflegen, im ersten Geschoss. Sie hält sich die meiste Zeit in ihrem Zimmer auf.«

Peter verspürte aufrichtige Hochachtung vor der unerschütterlichen Energie, mit der diese starke, fröhliche Frau ihr Schicksal meisterte. Nachdem er noch ein paar unverfängliche Fragen zur Einrichtung gestellt hatte, erschien Bob wieder im Türrahmen und reckte freudig einen Daumen in die Höhe. »Der Platz ist wirklich super – geschützt und schattig. Danke, Mrs Robertson!«

Der in den Hintergrund getretene Verwalter schritt jetzt zur Tür und schloss sie sorgsam ab. Dann wandte er sich an die Robertsons. »Ich werde mich nun zurückziehen. Wenn etwas sein sollte, scheuen Sie sich nicht zu klingeln.«

»Vielen Dank, Hayward«, erwiderte Mrs Robertson. Dann wandte sie sich wieder den Jungen zu. »Und ihr nennt mich doch bitte Charmayne.«

»Gerne, Charmayne.« Inzwischen konnte Peter seine Neugier kaum mehr im Zaum halten. »Bei welchem Problem können wir Ihnen denn nun behilflich sein?«

»Oh, natürlich, ihr wollt den Grund für euer Kommen erfahren.« Mrs Robertson deutete hinter sich in die Halle. »Folgt mir bitte.«

Zunächst ging es an mehreren geschlossenen Türen vorbei, dann schob sie ihren schweigend vor sich hin starrenden Mann auf edlem Parkettboden einen nach rechts abzweigenden langen Gang hinunter. Am Ende angelangt, hielt sie neben einer mächtigen schwarzen Tür inne und blickte ihre Besucher mit geheimnisvoller Miene an.

»Bevor wir diesen Saal betreten, möchte ich etwas vorausschicken.« Sie stockte, so als ob sie die richtigen Worte suchte. »Mein Mann hat eine … außergewöhnliche Leidenschaft, die auf den ersten Blick … erschreckend wirken könnte.«

›Na, herzlichen Glückwunsch‹, schoss es Peter durch den Kopf, ›wir sind bei einem Irren gelandet und seine Lieblingsbeschäftigung ist es wahrscheinlich, alle Besucher in metertiefe Fallgruben purzeln zu lassen.‹

Bob ahnte, was sein Freund dachte, und auch er selbst spürte eine gewisse Verunsicherung. »Machen Sie sich keine Sorgen«, wandte er sich dennoch mit souveränem Tonfall an die Gastgeberin. »Für Ungewöhnliches aller Art sind wir ganz besonders offen.«

Die Anspannung um Mrs Robertsons Mundwinkel lockerte

sich merklich. »Na, wenn das so ist, werdet ihr hier mit Sicherheit auf eure Kosten kommen.« Einladend deutete sie auf die Tür. »Bitte, nach euch.«
Mit festem Griff umschloss Bob die reich verzierte Klinke.
»Dann mal rein in die schreckliche Stube …«, murmelte Peter. Jedoch hätte er im Leben nicht damit gerechnet, dass der nun folgende Anblick selbst seine schlimmsten Albträume haushoch übertreffen würde. Entsetzt riss er die Augen auf.
»HIMMEL!«

Bevor Justus antworten konnte, klingelte irgendwo nebenan ein Telefon.
»Typisch!«, fauchte Mrs Flagstaff und stemmte sich stöhnend aus dem Korbstuhl. »Kaum hat man seinen Hintern geparkt, schon wird man wieder hochgescheucht. Die Menschen kennen einfach keine Rücksicht mehr!« Mürrisch vor sich hin murmelnd, den Zigarillo im Mundwinkel eingeklemmt, verschwand sie im Nebenraum und schloss die Tür hinter sich. Wenige Sekunden später war das Klappen einer weiteren Tür zu hören, danach verstummte das Klingeln.
Sosehr sich Justus auch konzentrierte, er konnte nichts von dem Gespräch verstehen. Gedankenverloren hob er den Blick und musterte die zahlreichen billigen Kunstdrucke, die in kunterbunten Rahmen an den Wänden hingen. Eine Galerie des schlechten Geschmacks, gekrönt von einer verblüffend hässlichen Kopie der Poker spielenden Hunde von Cassius Coolidge, vermutlich eine Hinterlassenschaft von Mrs Flagstaffs Mann.

Knapp zwei Minuten später kehrte seine Klientin zurück. Ihr wutverzerrtes Gesicht hatte die Farbe von gegrilltem Hummer angenommen. »Dieser Dreckskerl! In der Hölle soll er schmoren!«

»Was ist denn passiert?«, fragte Justus beunruhigt, während die Dame sich ächzend auf ihren Stuhl plumpsen ließ.

»Schön wär's!«, zischte sie entrüstet. Die Frage war eindeutig zu leise gewesen. »So naiv wie du wäre ich auch gern mal …«

Unbeirrt hob der Erste Detektiv die Stimme. »Schlechte Neuigkeiten also?«

»Und ob! Jetzt soll ich für meinen wunderbaren Ex auch noch einen gewaltigen Berg Schulden begleichen!« Sie sog gierig am verbliebenen Zigarillostummel und ließ ein rasselndes Husten folgen.

»Das … müssen Sie mir näher erklären, Madam.«

»Kannst du haben. Der Typ am Telefon nannte sich Nick Mintz. Er sagte, er sei Buchmacher in einem Wettbüro am Santa Monica Boulevard und wolle die sechstausend Dollar kassieren, die Tyrone beim Wetten auf ein Pferderennen verloren hat. *Sechstausend!*«

Entgeistert stieß Justus die Luft aus, während Mrs Flagstaff nahtlos weiterschimpfte.

»Tyrone ist in so ziemlich allem ein Versager, und auch früher schon hat er den einen oder anderen Schein verzockt, aber mit den sechs Riesen hat er echt den Vogel abgeschossen!«

»Und wie kommt der Buchmacher darauf, dass *Sie* nun das Geld bezahlen sollen?«, fragte der Erste Detektiv irritiert.

Mrs Flagstaff zuckte genervt die Schultern. »Natürlich habe ich diesem Mintz erklärt, dass ich mit den verdammten

Schulden meines verdammten Ex-Manns nichts am Hut habe. Aber der Kerl hat nur gesagt, dass er Tyrone nicht erreichen kann und sich deshalb nun an mich hält. Wenn er die sechstausend nicht in zwei Tagen auf dem Tisch hat, will er vorbeikommen und mir persönlich die Rübe abschrauben!«

»Das … hört sich in der Tat übel an«, erwiderte Justus nervös. Unter Wettanbietern, insbesondere den illegalen, gab es zahlreiche schwarze Schafe, die beim Eintreiben von Schulden auch vor Gewalt nicht zurückschreckten. »Eine Unverfrorenheit sondergleichen. Als Erstes müssen Sie sich auf jeden Fall mit Ihrem Mann in Verbindung setzen, damit –«

»Hab ich gerade versucht!«, unterbrach ihn Mrs Flagstaff barsch. »Die feige Ratte geht einfach nicht ans Telefon!« Sie blickte finster zum Foto auf der Kommode hinüber. »Na, wenigstens ist jetzt klar, von wem dieses Machwerk stammt. Meine Zeit läuft ab, weil ich demnächst Besuch von einem mordlustigen Buchmacher bekomme, bei dem sich mein Göttergatte verzockt hat!«

»Zwingend erwiesen ist das noch nicht …«, wandte Justus ein. Ihm war soeben eine Unstimmigkeit aufgefallen. »Wenn dieser Mr Mintz schon die Abgebrühtheit besitzt, Sie ganz offen am Telefon einzuschüchtern, warum sollte er dann am selben Tag eine anonyme Drohung an Sie verschickt haben?«

Unwillig wedelte Mrs Flagstaff mit der Hand. »Was weiß denn ich, was in so einem rabiaten Unmenschen vorgeht!« Sie starrte Justus durchdringend an und hob energisch die knochige Faust. »Du musst jetzt endlich deine Freunde zur Verstärkung holen! Ihr müsst Tyrone aufspüren und ihm Feuer unterm Hintern machen!«

»Ganz so weit sind wir noch nicht.« Grübelnd knetete Justus seine Unterlippe. »Möglicherweise trügt der Schein … Jedenfalls kommt mir diese freimütige telefonische Androhung einer Straftat, noch dazu mit Nennung des eigenen Namens, in hohem Maße suspekt vor.«

»Ach ja?«, fragte Mrs Flagstaff. »Und was soll dieses Klugscheißer-Geschwafel bedeuten?«

»Nun, ich halte es durchaus für möglich, dass der Urheber des Drohfotos und der Anrufer ein und dieselbe Person sind«, erklärte der Erste Detektiv bemüht höflich. »Allerdings bezweifle ich, dass es sich dabei um einen kriminellen und noch dazu reichlich einfältigen Buchmacher namens Nick Mintz handelt, der wie aus dem Nichts auftaucht, um bei Ihnen die Wettschulden Ihres Ex-Manns einzutreiben.«

Seine Klientin hob auffordernd beide Arme. »Sondern??«

»Als deutlich wahrscheinlicher erachte ich es, dass beide Aktionen von jemandem ausgeführt wurden, der nur ein konkretes Ziel verfolgt, nämlich Sie massiv zu ängstigen. Womit wir mutmaßlich wieder beim Motiv Rache und unseren acht Verdächtigen wären. Kam Ihnen die Stimme irgendwie bekannt vor?«

»Nee – ich hatte genug damit zu tun, den Schweinehund überhaupt zu verstehen. Hat fast so schlimm genuschelt wie diese Gebrauchtwagen-Frau.«

»Verstehe.« Angesichts der berühmt-berüchtigten Sprechlautstärke von Tante Mathilda besaß dieses Urteil leider keinerlei Aussagekraft. Mit düsterer Miene rieb sich Justus die Schulter. »Wenn wirklich derselbe Mann hinter beiden Aktionen steckt, steigert er mächtig den Druck …«

Im Reich der Ungeheuer

Auch Bob zuckte instinktiv zurück und sog erschrocken die Luft ein. Direkt vor ihnen ragte ein monströses Ungetüm auf, das an eine zähnefletschende Seeschlange erinnerte! Die gigantische, grünlich-schwarz schimmernde Kreatur mochte an die zwölf Meter lang sein, und aus dem grässlichen, mit einer algenartigen Mähne bedeckten Schädel stierten zwei handtellergroße Augen auf die Jungen herab.

»Darf ich vorstellen?«, erklang die amüsierte Stimme von Mrs Robinson aus dem Hintergrund. »Ogopogo, der Schrecken vom Okanagan Lake!«

Irritiert verharrten die Detektive. Nachdem der Anfangsschock überwunden war, erkannten sie auf den zweiten Blick, dass das Ungeheuer vollkommen bewegungslos auf einem flachen, blau angestrichenen Podest emporragte. Seitlich war ein Messingschild angebracht, auf dem vermutlich nähere Informationen über die Bestie vermerkt waren.

»Das … Ding ist nur ein … *Ding*«, hauchte Peter.

»Selbstverständlich ist es das«, entgegnete Bob streng. Er hatte sich halbwegs von dem Schreck erholt und sah es nun als seine Pflicht an, die Rolle des stets sachlich-vernünftigen Justus zu übernehmen. »Oder dachtest du, Mr Robertson hält sich als Haustier ein tonnenschweres Monster?«

»Nicht *ein* Monster«, korrigierte Peter, der soeben einen Schritt in den Saal hinein gewagt hatte, um sich an der Seeschlange vorbei einen größeren Überblick zu verschaffen. »Monster-Zoo trifft es wohl eher.«

Neugierig trat Bob neben ihn. »Unfassbar …«
Die bizarre Szenerie, die sich vor den Jungen entfaltete, war tatsächlich überwältigend. Die messehallengroßen Ausmaße des Raums hätten allein schon ausgereicht, um dem Betrachter Respekt einzuflößen, doch seine Bewohner verwandelten ihn in eine albtraumhafte Welt des Schreckens. Dicht an dicht, Podest an Podest tummelten sich Ungeheuer jeglicher Gestalt und Größe. Einige bäumten sich drohend auf, andere wirkten, als hielten sie auf den Wegen zwischen den Präsentationssockeln gierig nach schmackhaften Besuchern Ausschau. Wieder andere schienen in wildem Kampf erstarrt zu sein und über all dem grotesken Chaos breiteten mehrere Flugsaurier ihre meterlangen Schwingen an der überhohen Decke aus.
»Bigfoot … das Ungeheuer von Loch Ness … der Jersey Devil …«, zählte Bob die Namen einiger Wesen auf, die er erkannt hatte. »Und das da drüben …« Er deutete auf eine löwengroße Kreatur mit rötlich braunem Fell und wolfsähnlichem Kopf, die ein blutendes Schaf in ihren gewaltigen Raubtierfängen hielt. »Ist das die Bestie von Gévaudan? Über die habe ich kürzlich einen Artikel gelesen.«
»Ganz genau, Kompliment, junger Mann!«, bestätigte Mrs Robertson.
Inzwischen hatte sich auch Peter wieder gefangen. »Dann sammeln Sie also … Fabeltiere?«
»›Kryptiden‹ wäre wohl die präzisere Bezeichnung«, stellte Bob fest. »Wenn ich mich nicht täusche, gehören all diese Wesen hier in den Bereich der Kryptozoologie, einer von der seriösen Forschung nicht anerkannten Wissenschaft, die sich

mit bislang unbekannten oder vermeintlich ausgestorbenen Tieren beschäftigt.« Der dritte Detektiv fühlte sich in der Justus-Rolle ausgesprochen wohl. Unauffällig warf er einen Blick auf Wally Robertson. Doch im Unterschied zu Charmayne ließ dessen reservierte Miene keinen Rückschluss darauf zu, ob er über die Kenntnisse seiner Gäste erstaunt oder gar erfreut war.

»Sag mal«, wandte sich jetzt Peter an seinen Freund, »hatte dieser Urzeitforscher, den wir kürzlich am Black Lake getroffen haben, nicht genau von so einem Ogo-Dingsda gesprochen?«

»Stimmt!«, bestätigte Bob. »Zufälle gibt's …«

»Und vergiss nicht Doktor Helprin«, ergänzte Peter und fügte für die etwas ratlos dreinblickende Charmayne hinzu: »Wir hatten's mal mit jemandem zu tun, der auf der Suche nach einem noch lebenden Plesiosaurier war, schon deshalb kennen wir uns mit diesem Krypto-Thema ein wenig aus.« Mit schiefem Grinsen deutete er hinter sich auf die beeindruckende Monsterwelt. »Wenn wir gewusst hätten, dass es *das hier* gibt, hätten wir den Herrn einfach zu Ihnen schicken können, statt tagelang auf dem Pazifik rumzuschippern.«

»Darf ich fragen, wie diese außergewöhnliche Ausstellung entstanden ist?«, wandte sich Bob nun direkt an Mr Robertson.

Doch statt der erhofften ausführlichen Erläuterung kam dem Mann nur ein knappes »Hobby« über die schmalen Lippen.

Wieder sprang Charmayne für ihren Gatten in die Bresche. »Wally interessiert sich schon seit seiner Jugend brennend für diese mysteriösen Kreaturen, von denen niemand weiß, ob einige davon nicht vielleicht doch irgendwo auf der Erde existieren. Im Lauf seiner Karriere hat er dann angefangen, lebensechte Nachbildungen dieser Wesen zu sammeln.«

»Und … *wie*?« Verdutzt ging Peter zu einem grauweiß gefiederten und über drei Meter großen Laufvogel hinüber, aus dessen geierartigem Riesenschnabel ein halbes Lama heraushing. »Zum Beispiel dieses charmante Kerlchen namens …« Er beugte sich zu dem Infoschild vor und versuchte, den lateinischen Namen auszusprechen. »Äh, *Pho…rus…rha…cos, auch Terrorvogel genannt* – na, das passt ja.« Der Zweite Detektiv wandte sich wieder Mrs Robertson zu. »So etwas findet man ja wohl kaum im Versandhauskatalog, oder?«

»Diese Frage ist natürlich berechtigt«, gab Charmayne belustigt zu, während ihr Mann das Gespräch wie gewohnt schweigsam mitverfolgte. »In der Tat ist keines der Wesen auf traditionelle Weise hierhergelangt. Die meisten haben über Wallys Arbeit den Weg zu uns gefunden.«

»Ah, ich verstehe«, gab Bob zurück. »Als Stuntman hat Mr Robertson sicher auch in Horror- und Monsterfilmen mitgewirkt.«

»Und nach Drehschluss fragte er dann die Produzenten, ob er die Filmfiguren kaufen könnte«, ergänzte Peter.

Mrs Robertson nickte. »So ist es. Und das hat erstaunlich oft geklappt – bei mir übrigens auch. Oh, das war jetzt missverständlich!« Sie kicherte glucksend und hob abwehrend die Hände. »Ich meinte natürlich nicht, dass Wally auch mich bei einer Produktionsfirma gekauft hat, sondern dass er bei Dreharbeiten ein Auge auf mich geworfen hat. Damals habe ich als Szenenbildnerin gearbeitet und an der Gestaltung eines Urzeit-Hais mitgewirkt, den mein Mann später gekauft hat. Bis es so weit war, hatten wir genügend Zeit, uns kennenzulernen, tja, und irgendwann hat es zwischen uns gefunkt. Auf diese Weise fanden Wallys allerërstes Seemonster und seine künftige Ehefrau zur selben Zeit ein neues Zuhause.« Liebevoll strich sie ihrem Mann über die Schulter und wies mit der anderen Hand demonstrativ in den Saal hinein. »So entstand hier im Laufe der Jahrzehnte unser ganz privates Reich der Ungeheuer.«

»Eine tolle Geschichte«, entgegnete Peter. Vor seinem inneren Auge erschienen einige Monster aus den Filmen, an denen sein Vater mitgewirkt hatte, doch nichts davon war vergleichbar mit der Kreaturen-Armee hier im Saal.

Kurz darauf bemerkte der Zweite Detektiv, dass die Schnürsenkel seines rechten Turnschuhs sich geöffnet hatten. Als er sich bückte, spürte er plötzlich ein leichtes Tätscheln auf seinem Rücken. »Keine Sorge, das kriege ich gerade noch alleine hin«, erklärte er grinsend, weil er annahm, Bob sei zu ihm getreten, um zu sehen, was los sei. Dann hielt Peter abrupt inne. In seinem seitlichen Blickfeld hatte er soeben das langsam weitergegangene Trio wahrgenommen – einschließlich Bob! Wenn sich aber *alle* Personen in diesem Raum rechts von ihm befanden – wer strich ihm dann gerade zum wiederholten Mal über den Rücken?? Bevor Peter noch einen weiteren Gedanken fassen konnte, erklang direkt über ihm ein gieriges Schnauben …

Mrs Flagstaff stieß ein genervtes Fauchen aus. »Ehrlich gesagt ist es mir völlig schnuppe, ob mir nun ein echter oder ein falscher Buchmacher den Saft abdrehen will! Wichtig ist doch bloß, dass du so schnell wie möglich rausfindest, welches Scheusal dahintersteckt! Also, alarmierst du jetzt endlich deine zwei Kumpel oder willst du warten, bis ich bei der nächsten Aktion tatsächlich den Löffel abgebe?!«
Abwehrend hob Justus die Hand. »Ich versichere Ihnen – nichts läge mir ferner, als Sie einem unnötigen Risiko auszusetzen. Aber bevor ich diesen Auftrag annehme, muss ich einen wichtigen Punkt klarstellen.«
»Nämlich?«, raunzte Mrs Flagstaff.
Mit ernster Miene lehnte sich Justus zurück. »Natürlich respektiere ich Ihre Entscheidung, auf eine Hinzuziehung der Polizei zu verzichten. Aber falls sich die Situation in irgendeiner Form zuspitzt, sehe ich mich dennoch gezwungen, den Fall an das L. A. Police Department abzugeben. Bis dahin werde ich natürlich mein Bestes tun, um Licht in die Sache zu bringen.«
Ungehalten winkte Mrs Flagstaff ab. »Na schön, na schön – Hauptsache, du fängst endlich an! Aber ich kann nur wiederholen: Ohne deine beiden Freunde –« Plötzlich klatschte sie sich mit der flachen Hand an die Stirn. »Ach herrje, nun habe ich völlig den schmierigen Terry Barnsworth vergessen.«
»Wen?«, fragte Justus irritiert.
Mit verzogenen Mundwinkeln deutete seine Gastgeberin nach oben. »Ein Mieter aus dem ersten Stock. Ekliger Typ mit Riesenzinken und 'nem Gesicht wie ein faltiger Orang-

Utan. Hatte doch tatsächlich die Dreistigkeit, sich sofort nach meiner Trennung an mich ranzuschmeißen!« Sie gab ein angewidertes Zischen von sich. »Dem Kerl hab ich eine Fünf-Sterne-Abfuhr erteilt, die er sein Lebtag nicht vergisst. Und als er schließlich weggedackelt ist, hat er mir noch hinterhergerufen, dass er es mir heimzahlen wird.«

Mit einem leisen Stöhnen blickte Justus zu der Kommode mit dem Drohfoto hinüber. »Verdächtiger Nummer neun also …«

In den folgenden Minuten ließ er sich die Namen der diversen Verdächtigen und – sofern seine Klientin sie im Gedächtnis hatte – auch deren Adressen diktieren. Dabei stellte sich heraus, dass es in Mrs Flagstaffs Umfeld offenbar kaum jemanden gab, der ihr *nicht* an den Kragen wollte.

Skeptisch betrachtete Justus die Liste, die mittlerweile auf zwölf Namen angewachsen war. Nach nochmaligem Überlegen hatte seine Gastgeberin verkündet, dass auch ihr Friseur, ein Supermarktkassierer und der Pfarrer der Presbyterianer-Gemeinde wegen diverser Streitigkeiten als verdächtig eingestuft werden müssten.

»Okay – eine Überprüfung all dieser Leute kann ich unmöglich zu Fuß oder mit öffentlichen Verkehrsmitteln durchführen. Deshalb werde ich auf die Mithilfe meiner Freunde und vor allem das Auto angewiesen sein. Es –«

»Sag ich doch die ganze Zeit!«, fuhr Mrs Flagstaff dazwischen.

»Es sei denn«, ließ Justus sich nicht aus der Ruhe bringen, »deren eigener Fall ist ebenfalls von großer Dringlichkeit, dann müsste ich improvisieren.« Er blickte hoffnungsvoll seine Klientin an. »Sie selbst besitzen nicht zufällig einen Wagen, oder?«

»Nee«, winkte Mrs Flagstaff ab. »Mein damaliger Fahrprüfer hatte was gegen mich – hat ständig an mir rumgemeckert und seine nervigen Verkehrsregeln runtergebetet. Also hab ich ihm gesagt, er kann sich den verdammten Führerschein an die Mütze nageln, und bin abgehauen.«

»Verstehe«, entgegnete Justus ernüchtert. »Okay, vielleicht kann ich gegebenenfalls Morton, einen guten Bekannten von uns, um Unterstützung bitten.« Er äugte skeptisch zur Decke. »Es sei denn, ich lande gleich einen Volltreffer und der Täter ist der eitelkeitsgekränkte Terry Barnsworth.«

»Zutrauen würde ich's ihm«, fauchte Mrs Flagstaff. »Ein verschlagenes Aas ist das – außerdem hält er sich Goldfische.«

Der Erste Detektiv ersparte sich eine Rückfrage, wo hier der Zusammenhang sein sollte. Stattdessen fiel ihm etwas ein und er stand mit einem entschuldigenden »Einen Moment, bitte« auf. Dann ging er, sorgsam auf die hohen Magazinstapel achtend, zur Kommode hinüber. Unwillkürlich kam ihm in den Sinn, dass die Riesenechse Godzilla eine ähnliche Perspektive gehabt haben musste, als sie durch die Wolkenkratzer von Tokio gestapft war. Allerdings hatte es da vermutlich nicht nach Ingwer-Vanille-Zigarillos gestunken.

Am Ziel angekommen, zückte Justus eine Pinzette und einen der verschließbaren Klarsichtbeutel, die er bei Außeneinsätzen zur Sicherung von Beweisen stets dabeihatte. Vorsichtig beförderte er das Foto in das Innere des Beutels, um etwaige Fingerabdrücke nicht zu verschmieren. Dann kehrte er zu Mrs Flagstaff zurück, die ihn misstrauisch angaffte.

»Und was jetzt?«, fragte sie herausfordernd.
Justus setzte sich und legte den Beutel auf die Tischplatte. »Zunächst hätte ich noch ein paar Fragen zu dem Foto.«
Irritiert stockte seine Auftraggeberin. »Natürlich *ohne* Strohhalm – die halten mich doch sonst für plemplem!«
Der Erste Detektiv nickte nur zustimmend und fuhr deutlich lauter fort: »Gehe ich recht in der Annahme, dass es sich bei der Örtlichkeit um das Café von nebenan handelt?«
»Ja, du gehst«, erwiderte Mrs Flaggstaff knapp.
»Und können Sie vielleicht zeitlich eingrenzen, wann dieses Bild entstanden ist?«
Sie zischte genervt. »Na, du bist mir ein Witzbold. Wie soll ich das denn eingrenzen, wenn ich da jeden Vormittag meinen doppelten Moccacino trinke? Und diese Jacke trage ich auch immer, wenn ich ausgehe – das Bild könnte also von heute, gestern oder letztem Jahr sein!«
Justus verkniff sich den berechtigten Einwand, dass er von den Alltagsgewohnheiten seiner neuen Klientin keinerlei Kenntnis haben konnte. »Verstehe. Leider ist der Ausschnitt zu klein, um weitere Einzelheiten zu erkennen. Und der unbekannte Fotograf hat uns auch nicht den Gefallen getan, sich in der Schaufensterscheibe zu spiegeln.« Plötzlich stutzte der Erste Detektiv und runzelte die Stirn. Dann zog er eine kleine Klapplupe aus seiner Hosentasche und beugte sich tief über das Foto.
Ungeduldig legte Mrs Flagstaff den Kopf schief. »Und? Hat Sherlock Holmes den Fall gelöst?«
»Das nicht«, erwiderte Justus. »Aber zumindest bin ich zu einer wichtigen Erkenntnis gelangt …«

Attacke aus dem Hinterhalt

Panisch wirbelte Peter herum, verlor das Gleichgewicht und prallte mit der Schulter auf den Boden. Entsetzt erkannte er, dass der Terrorvogel seinen fürchterlichen Kopf gesenkt hatte und dieser nun langsam auf und ab wippte. Das wiederum hatte die Vorderläufe des Lamas ins Pendeln versetzt, was zu den Berührungen auf Peters Rücken geführt hatte.

»Der … der Riesenvogel … Er bewegt sich!«, rief Peter schockiert und rutschte, so schnell er konnte, auf seinen Ellenbogen rückwärts von dem Monstrum fort.

Betroffen hielt sich Mrs Robertson eine Hand vor den Mund. »Oh, tut mir leid, das hatte ich ganz vergessen zu erwähnen! Einige unserer Tiere sind elektronisch beweglich oder können Geräusche von sich geben. Beim Öffnen der Saaltür wird eine Zeitschaltung aktiviert, die in unregelmäßigen Abständen die verschiedenen Effekte auslöst. Seht ihr?« Sie wies zur Decke, an der einer der Flugsaurier gerade begonnen hatte, gemächlich mit den Flügeln zu schlagen.

Gleichzeitig bemerkten die Jungen, dass auch im restlichen Saal hier und da ein Maul aufschnappte, ein grollendes Fauchen erklang oder eine Pranke zuckte.

»Es gibt insgesamt vier Intensitätsstufen«, ergänzte Charmayne. »Dies hier ist die unterste, deshalb dauerte es eine Weile, bis die ersten Bewegungen anfingen.«

»Mannomann …«, murmelte Peter, während er sich wieder aufrappelte. »Diese interessante Info hätte ich tatsächlich gerne etwas früher gehabt.«

Mrs Robertson lächelte verlegen. »Diese Sammlung ist wirklich sehr speziell. Und ich muss zugeben, dass ich mit dem exzentrischen Hobby meines Manns anfangs gehadert habe. Schließlich gibt es so viele schöne ›normale‹ Dinge, die man sammeln kann: Gemälde, Skulpturen, Schmuck oder Oldtimer.« Sie seufzte versonnen, dann küsste sie ihren Gatten zärtlich aufs Ohrläppchen. »Aber bei Wally sind es nun mal mythische Ungeheuer. Irgendwann habe ich mich damit abgefunden, dass wir unser Leben mit Nessie, Bigfoot und Co. teilen.«
Auch wenn Peter es nicht zugegeben hätte, machten ihn Charmaynes fortwährende Zuneigungsbekundungen gegenüber ihrem Mann ein wenig verlegen. Auch dem Hausherrn schien die offen zur Schau getragene Fürsorglichkeit seiner Frau etwas unangenehm zu sein, doch Mr Robertson ertrug die Liebkosungen mit stoischer Ruhe. Er erinnerte Peter an einen gutmütigen, wenn auch etwas knurrigen Bernhardiner, der die Schmuseversuche einer aufgedrehten Katze genervt über sich ergehen lässt.
Um auf ein anderes Thema zu kommen, überlegte Peter sich eine neue Frage. »Wie ich sehe, sind hier sämtliche Fenster mit Metalljalousien verschlossen. Ist das eine Sicherheitsmaßnahme?«
»In erster Linie, ja«, bestätigte Mrs Robertson. »Einige der Ausstellungsstücke sind ein echtes Vermögen wert. Außerdem wollen wir keine Schaulustigen anlocken.«
Peter nickte. »Begreiflich. Wenn sich herumspräche, dass sich hier Affenmenschen, Riesenwölfe und Seeungeheuer tummeln, würden die Leute bald draußen Schlange stehen.«

Wie aufs Stichwort ertönte in diesem Moment die Türklingel.
»Wenn man vom Teufel spricht«, murmelte Bob.
Den Robertsons war deutlich anzusehen, dass sie über die Störung ganz und gar nicht erfreut waren.
Charmayne winkte ab. »Beachtet das gar nicht, Jungs. Hayward wird sich schon darum kümmern.«
Zur Verwunderung der Detektive klingelte es in der folgenden Minute jedoch noch drei weitere Male. Dann blieb es still.
»Das war mit Sicherheit dieser furchtbar penetrante Vertreter für Swimmingpool-Bedarf«, erklärte Charmayne. »Ich hatte Hayward die Anweisung gegeben, dem bloß nicht wieder die Tür zu öffnen. Wenn man solche Typen ins Haus lässt, wird man die nicht eher los, bis man irgendeinen Quatsch gekauft hat.«
Peter lächelte verständnisvoll, dann wurde ihm bewusst, dass der unglaubliche Monstersaal sie die ganze Zeit von einer entscheidenden Frage abgelenkt hatte. »Da wir jetzt wieder ungestört sind, wäre es klasse, wenn Sie uns sagen würden, was wir für Sie tun können. Vermutlich geht es ja um diese Ungeheuer hier?«
Auch Bob trat gespannt näher. Insgeheim freute er sich schon auf ausgefallene Monster-Recherchen, die er im Auftrag der Robertsons durchführen sollte.
»Oh, ja … in der Tat«, erwiderte Charmayne zögernd. »Es ist nämlich so: Trotz der Größe dieses Saals stoßen wir räumlich langsam an unsere Grenzen. Und weil Wally mit einem ziemlich sperrigen Neuzugang liebäugelt, müssen wir

uns von zwei oder drei älteren Stücken trennen, so leid es uns tut.«
Bob stutzte. War vielleicht der anstehende Abschied von mehreren seiner geliebten Kreaturen der eigentliche Grund für Mr Robertsons trübe Stimmung und extreme Einsilbigkeit?
Peter hingegen war sichtlich irritiert. »Und … wir sollen Ihnen nun bei dieser … Auswechslung helfen?« Vor seinem inneren Auge sah er sich und Bob bereits in bester Schrottplatz-Tradition tonnenschwere Gegenstände hin- und herschleppen.
»Aber nein – das wird natürlich ein Speditionsunternehmen erledigen«, stellte Mrs Robertson klar. »Schon morgen Vormittag kommt ein Interessent aus Minneapolis zu uns. Er hat einige der Exponate in die engere Auswahl gezogen und wird seine Entscheidung nach der persönlichen Begutachtung treffen.« Sie rieb nervös die Handflächen aneinander. »Deshalb habe ich heute mehrere Stunden hier zugebracht, um alles auf Hochglanz zu polieren. Eine so sensible Aufgabe würde ich niemals Außenstehenden übertragen.«
»Verstehe«, erwiderte Peter. Er vermutete, dass all diese Wesen für das kinderlose Paar im Laufe der Zeit zu einer Art kurioser Ersatzfamilie geworden waren.
»Tja, und da muss es mir passiert sein«, fuhr Charmayne fort und deutete mit Leidensmiene auf ihren Hals. »Bei irgendeiner dummen Bewegung muss sich mein heiß geliebtes Smaragd-Collier gelöst haben und runtergefallen sein.«
»Das tut uns leid«, bekundete Bob. »So etwas ist natürlich sehr ärgerlich.«

»Mehr als das«, gab Charmayne zurück. »Ich wäre untröstlich, wenn dieses alte Familienerbstück nicht wieder auftaucht! Es stammt aus der Zeit des amerikanischen Bürgerkriegs und wurde seither von Generation zu Generation weitergegeben.«

»Und nun möchten Sie uns beauftragen, das Kleinod wiederzufinden«, folgerte Peter, der erleichtert darüber war, dass sich das Thema Schlepperei erledigt hatte. Auf der anderen Seite spürte er auch eine gewisse Ernüchterung, weil ihr neuer Fall rein gar nichts mit Mr Robertsons schillernder Vergangenheit als Stuntman oder überhaupt mit dem Thema Film zu tun hatte. Stattdessen ging es um verlorenen Schmuck seiner putzwütigen Ehefrau …

Mrs Robertson nickte. »Wir sind kürzlich auf einen Zeitungsartikel mit Foto von euch gestoßen, deshalb wissen wir, dass ihr überaus findige Spürnasen seid.«

»Sehr schmeichelhaft«, erwiderte Bob. »Darf ich interessehalber trotzdem fragen, warum Sie keine ortsansässige Detektei hier in Hollywood engagiert haben?«

»Weil wir keine ›normalen‹ Detektive benötigen, sondern euch.« Ein unsicheres Lächeln huschte über Charmaynes Gesicht. »Wir brauchen sozusagen ganz besondere Detektive, jugendlich und …« Ihr Blick wanderte an Bob, dem kleineren der Jungen, hinab. »… von schmaler Statur.«

Irritiert kratzte sich Bob am Ohr. »Also, das verstehe ich jetzt nicht ganz. Wie könnte unsere Größe oder unser Gewicht denn relevant für die Suche nach Ihrer Halskette sein?«

»Die Erklärung ist denkbar einfach.« Mit sorgenvollem Gesichtsausdruck schaute sie zu der riesigen Seeschlange vor dem Eingang hinüber. »Die Podeste habe ich alle schon abgesucht – ohne Erfolg. Deshalb befürchte ich, dass mein Collier durch eine Ritze oder einen Belüftungsspalt in eine der Tierfiguren hineingefallen ist, als ich auf meiner Leiter an ihnen herumgeputzt habe.«

»Jetzt begreife ich«, gab Peter zurück. »Im schlimmsten Fall befindet sich das Schmuckstück im Inneren einer der Figuren, die der Interessent kaufen will. Deshalb müssen wir die Halskette unbedingt vor der Abholung finden, damit sie nicht für immer verloren geht.«

»Genau«, bestätigte Charmayne und wies an sich hinab. »Für die schmalen Wartungsluken bin ich einfach zu groß. Hayward hingegen ist zu füllig, und mein Wally kann da natürlich erst recht nicht helfen. Hier in der Nähe haben wir auch keine Freunde, die uns bei diesem speziellen Problem helfen könnten.« Sie warf einen Blick zu den verschlossenen Fenstern. »Wir pflegen keine besonders engen Kontakte zu unseren Nachbarn. Deshalb kann ich jetzt nicht einfach rumgehen und fragen, ob man uns für ein paar Stunden ein Kind ›ausleiht‹, damit es in unsere Ungeheuer hineinkriecht.«

»Und darum werde *ich* das jetzt übernehmen«, schloss Bob mit schiefem Lächeln. Es amüsierte ihn sichtlich, dass hier keineswegs seine Recherche-Fähigkeiten, sondern vielmehr seine Kletterkünste gefragt waren.

»Wie viel Zeit bleibt uns denn, bis die Stücke abgeholt werden?«, erkundigte sich Peter.

Unruhig nestelte Mrs Robertson am Mantelkragen ihres Mannes herum und schaute zur gegenüberliegenden Saalseite hinüber, wo eine scheunentorhohe Flügeltür aufragte,

durch die vermutlich die Untiere rein- und rausgebracht wurden. »Sobald der Käufer seine Entscheidung getroffen hat, kann der Abtransport sehr schnell gehen. Deshalb baten wir euch ja um möglichst rasches Kommen.«
»Dann sollten wir sofort starten«, stellte Bob fest. Er grinste verschmitzt. »Eins ist jedenfalls schon jetzt klar: Dieser Auftrag gehört definitiv in die Kategorie ›Sonderfall‹. Immerhin kann ich später mal behaupten, im Bauch der legendären Nessie gewesen zu sein!«

Mit ernster Miene deutete Justus auf den äußersten rechten Rand des Fotos vom Café. »Im Anschnitt ist der Tresen zu erkennen und auf der Glasscheibe klebt ein rot-weißer ›President's Day‹-Rabattaufkleber.«
»Von wegen!«, gab Mrs Flagstaff empört zurück. Der Erste Detektiv hatte eindeutig zu leise gesprochen. »Seit mehr als zwanzig Jahren trinke ich nebenan meinen Moccacino und noch *kein einziges Mal* habe ich mich auf dem Weg dahin verlaufen! Hältst du mich für senil??«
»Natürlich nicht, verzeihen Sie bitte das Missverständnis«, entgegnete Justus laut und überdeutlich. »Ich wollte Sie lediglich auf diesen Rabattaufkleber hinweisen, der den Zeitpunkt der Aufnahme auf den ›President's Day‹ eingrenzt.«
Dieser Nationalfeiertag zu Ehren aller amerikanischen Präsidenten, der ursprünglich auf George Washingtons Geburtstag am 22. Februar 1732 zurückging, wurde gerne für diverse Sonderangebote genutzt.
»Daraus folgt, dass diese Aufnahme nicht kürzlich, sondern bereits im Februar gemacht wurde.« Entschlossen blickte

Justus seine Klientin an. »Demnach kann es sich bei der heutigen Drohpost unmöglich um eine spontane Aktion zwecks Eintreibung kürzlich angefallener Schulden handeln. Der Buchmacher Ihres Mannes dürfte ja wohl kaum seit einem halben Jahr ein Foto von Ihnen in der Schublade haben.«

»Hm … da muss ich dir recht geben«, stimmte Mrs Flagstaff widerwillig zu. »Das würde dann eher zu deiner Theorie passen, dass die Pottsau, die mich fertigmachen will, aus meinem näheren Umfeld stammt.«

»… und darüber hinaus vermutlich auch für den Einschüchterungsanruf verantwortlich ist«, ergänzte Justus nickend.

Zornig ballte die Dame ihre Hände zu Fäusten. »Wenn ich diesen Mistkäfer in die Finger kriege …«

Justus schaute auf seine Armbanduhr, die halb sechs anzeigte. »Da wir nicht abschätzen können, ob und in welcher Form noch weitere Aktionen des Täters erfolgen, werde ich nun mit der Befragung der Verdächtigen beginnen.«

»Na, halleluja – wurde auch langsam Zeit!«, gab Mrs Flagstaff launisch zurück.

»Zunächst werde ich bei meinen Freunden anrufen«, fuhr der Erste Detektiv ungerührt fort, »und sie fragen, wie es bei ihnen aussieht. Anschließend statte ich Mr Barnsworth einen Besuch ab und versuche, ihm unauffällig einige Informationen zu entlocken. Je nachdem, was sich dort ergibt, wird sich entscheiden, ob ich motorisierte Unterstützung für die Fahrten zu den übrigen Verdächtigen benötige.«

Ungeduldig klatschte seine Klientin in die Hände. »Dann mal los! Ich geh jetzt ins Badezimmer und schaue fern – muss meine Nerven beruhigen.«

Verdutzt blickte Justus der Frau nach. Da das Wohnzimmer komplett mit ihrer Zeitschriftensammlung vollgestopft war, hatte sie den Fernseher offenbar kurzerhand ins Bad ausgelagert. Wie zur Bestätigung erklang nebenan kurz darauf in beachtlicher Lautstärke die Titelmelodie einer bekannten Quizshow. Mrs Flagstaff hatte die Tür diesmal einen Spalt offen gelassen – vermutlich um sicherzugehen, dass Justus nicht auf die Idee kam, sich an ihrer kostbaren Sammlung zu vergreifen. Noch einmal ertönte ihre grollende Knarzstimme: »Ach ja, und wenn du rausgehst – auf dem Regal neben der Tür liegt ein Zweitschlüssel. Hab keine Lust, dauernd hochzuspringen.«

Kopfschüttelnd begab sich Justus zur entgegengesetzten Seite des Raums, um halbwegs ungestört telefonieren zu können. Bei seinem Gespräch mit dem dritten Detektiv stellte sich heraus, dass Bob und Peter ihrem Freund wegen des Zeitdrucks bei ihrem Auftrag vorerst nicht zur Seite stehen konnten. Daraufhin berichtete Justus kurz von seinem eigenen noch reichlich unklaren Fall mit der bedrohten Mrs Flagstaff und machte sich anschließend wenig begeistert auf den Weg in den ersten Stock.

Der obere Flur wirkte genauso trist wie das übrige Gebäude, allerdings roch es hier weniger nach Tabakrauch, dafür umso stärker nach saurer Milch und einem intensiven Rasierwasser. Auf dem Weg zur Tür von Apartment neun dachte Justus darüber nach, mit welcher Strategie er vorgehen wollte. Schließlich entschied er sich für den vielfach bewährten Vorwand, er schreibe an einem Schulaufsatz, diesmal über das Thema Nachbarschaft.

Am Ziel angekommen, klopfte er beherzt an die Tür, erzielte damit aber keinerlei Reaktion. Da nicht auszuschließen war, dass Mr Barnsworth ein ähnliches Hörproblem wie seine ehemalige Angebetete hatte, versuchte es der Erste Detektiv ein weiteres Mal, diesmal erheblich lauter. Doch auch jetzt blieb alles still. Entweder war der Mann nicht da oder er weigerte sich aus irgendeinem Grund zu öffnen. Missmutig wollte sich Justus bereits abwenden, da besann er sich doch noch anders. Nach einem kurzen Kontrollblick in den leeren Flur ging er in die Hocke und versuchte, durch das Schlüsselloch einen Blick ins Innere der Wohnung zu werfen.
Im selben Moment zerriss ein wutschäumender Ausruf die Stille. »Was, zum Henker, machst du da an meiner Tür?!?«

Die Suche beginnt

Nachdem Bob das Telefonat mit Justus beendet hatte, informierte er Peter kurz über den Stand der Dinge. Dann straffte er sich. »Okay, ich schlage vor, dass wir an der Frontseite des Saals anfangen und uns vom Ogopogo aus systematisch ans andere Ende durcharbeiten.«

»Klingt vernünftig«, stimmte der Zweite Detektiv zu. »Und während unser kleiner Kletterkünstler das Innere der Monster untersucht, nehme ich mir noch einmal die Podeste vor. Doppelt hält bekanntlich besser. Zwischen all den Felsen, Sträuchern und Grasbüscheln kann man leicht etwas übersehen.«

Bob nickte. »Dann los, Kollege. Starten wir unsere Suchexpedition im Reich der Ungeheuer!«

Zunächst jedoch wandte sich Mrs Robertson zu einem eleganten Beistelltisch neben der Eingangstür um, auf dem ein großes Silbertablett mit unterschiedlich belegten Sandwiches, mehreren Gläsern und einer Kristallkaraffe bereitstand. »Hier könnt ihr euch jederzeit bedienen, wenn ihr Hunger oder Durst bekommt. Ich hoffe, ihr mögt Zitronenlimonade?«

»Und ob!«, bekundete der Zweite Detektiv selig und füllte sogleich zwei Gläser. Vor lauter Ungeheuern hatte er völlig seinen Durst vergessen. Auch Bob war angesichts des überaus appetitlich aussehenden Imbissangebots sichtlich erfreut und nahm dankbar das Glas entgegen, das Peter ihm reichte. »Und jetzt zur Ausrüstung.« Mit diesen Worten schritt

Charmayne zur anderen Seite der Tür und öffnete einen hohen Schrank. Sie holte eine große Klappleiter, eine dünne Stabtaschenlampe sowie ein mehrere Meter langes Sicherungsseil hervor und reichte die Gegenstände an ihre Gäste weiter.
»Eigentlich benutzen wir diese Stahlkabel für die Aufhängung unserer Flugwesen«, erklärte sie, während die Gruppe sich zum ersten Ungeheuer begab. »Aber möglicherweise kann es euch ebenfalls von Nutzen sein.«
»Herzlichen Dank, sehr vorausschauend«, lobte Peter. »Bob kann sich das eine Ende am Gürtel befestigen, und falls er mal festhängt, kann ich ihn vom anderen Ende aus herausziehen.«
Der dritte Detektiv verzog die Mundwinkel. »Sehr tröstlich. Trotzdem würde ich auf irgendwelche Hängepartien im Inneren dieser Urviecher lieber verzichten.«
Peter äugte derweil neugierig auf das Infoschild am Podest des Ogopogo und las laut vor: »Seit den 1870er-Jahren kam es am Okanagan Lake in British Columbia, Kanada, zu zahlreichen Sichtungen des Ogopogo. Seine stetig zunehmende Berühmtheit machte ihn zum Motiv für Lieder, Spiele und Briefmarken. Außerdem ziert er das offizielle Logo des kanadischen Eishockeyteams *Kelowna Rockets*.« Staunend legte er den Kopf schief. »Man lernt nie aus …«
»Das ist ja das Schöne am Leben«, erwiderte Charmayne vergnügt. Dann erklärte sie, dass sämtliche Figuren über Wartungsklappen verfügten, mit denen man Zugang zur Mechanik und Elektrik im Inneren erhalten konnte, beispielsweise zu Gelenkstangen oder Getriebeteilen. Diese

waren bei geöffneter Luke gut mit den Händen beziehungsweise mit Werkzeugen zu erreichen. Für ein komplettes Hineinsteigen waren diese Klappen jedoch nicht vorgesehen und deshalb entsprechend klein. Der Ogopogo besaß gleich zwei solche Luken, allerdings war die untere von ihnen selbst für Bob zu schmal. Somit verblieb für ihn nur die etwas breitere Luke, die sich in etwa drei Meter Höhe direkt unterhalb des mächtigen Kopfes befand. Gemeinsam mit Peter stellte er die Leiter auf, während das Robertson-Paar die Jungen vom Gang vor dem Podest aus beobachtete.
Beim Aufstieg klopfte Bob mehrmals gegen die stählerne Außenwand. »Hoffentlich ist das gute Stück genauso stabil, wie es gruselig ist …«
Wie ein Echo ertönte plötzlich ein zweifaches lautes Poltern aus dem Stockwerk über ihnen. Verdutzt wandten sich die Jungen zu den Robertsons um.
Mit verlegener Miene blickte Charmayne zu Boden. »Manchmal übertreibt sie es wirklich …«, murmelte sie dann mit leicht genervtem Unterton.
Peter begriff sofort. »Ihrer Mutter geht es hoffentlich gut?«
»Jaja, keine Sorge«, beschwichtigte Mrs Robertson. »Wenn wirklich etwas ist, hat sie einen Notfallpieper an ihrem Armband.« Ein erschöpftes Lächeln huschte über Charmaynes Lippen. »Aber meine Mom neigt dazu … hin und wieder auf sich aufmerksam zu machen, mal mehr, mal weniger dezent – vor allem wenn wir Besuch haben.« Ein leiser Seufzer. »Das ist ihre ganz persönliche Art, allen im Haus mitzuteilen: ›Ich bin *auch* noch da.‹«
Bob schmunzelte. »Na, dann wissen wir ja jetzt Bescheid.«

Obwohl das Seeungeheuer über keine Bewegungsautomatik, sondern nur über eine Akustikfunktion verfügte, hatte Mrs Robertson sicherheitshalber die Zeitschaltuhren für den gesamten Saal deaktiviert, sodass keine weiteren Monsterüberraschungen mehr zu erwarten waren.
Oben angekommen, klappte Bob die Luke auf, schaltete die Taschenlampe ein und beugte sich für einen ersten Blick in die Öffnung hinein.
»Und?«, fragte Peter aufgeregt. »Siehst du das Collier irgendwo?«
»Fehlanzeige«, erklang Bobs dumpfe Stimme. »Wird wohl nix mit dem schnellsten Fallabschluss in der Geschichte der drei ???.« Er zog den Oberkörper wieder zurück und atmete vernehmlich aus. »Also bleibt es dabei – ich muss da rein …«

Der Blick des Ersten Detektivs schoss nach links und erfasste auf der obersten Treppenstufe einen schmächtigen Mittsechziger in dunkelblauem Freizeitanzug. Seine beachtliche Knollennase bestätigte Justus' Befürchtung, dass es sich um niemand anderen als Terry Barnsworth handelte. Und es stand außer Frage, dass er augenblicklich eine gute Erklärung für die Situation erhalten wollte.
Instinktiv spürte Justus, dass hier Angriff die beste Verteidigung war. Mit unbeeindruckter Miene deutete er auf seinen rechten Turnschuh und richtete sich wieder auf. »Gegen ein Zubinden offener Schnürsenkel dürfte nach amerikanischer Rechtsprechung nichts einzuwenden sein, oder sind Sie da anderer Meinung, Sir?«
Die Worte erzielten exakt ihre erhoffte Wirkung. Spürbar

verunsichert rückte Mr Barnsworth seine dickglasige Brille zurecht. »Äh ... nein. Natürlich nicht.« Das Misstrauen des Manns war jedoch keineswegs verflogen. »Aber was hast du hier oben überhaupt zu suchen?«

»Ganz einfach, Sir.« Justus knipste sein gewinnendstes Lächeln an. »Ich bin Schüler und arbeite an einem Aufsatz über Nachbarschaftsbeziehungen. Unter anderem war ich auch schon bei Mrs Flagstaff, die mir einen kleinen Einblick in ihr Leben hier gewährt hat.«

Zu Justus' großer Überraschung hellte sich die Miene des Manns schlagartig auf. »Bei Heddy? Na, das ist ja ein Zufall! Seit Tagen schon versuche ich, mit ihr zu sprechen, aber sie öffnet mir einfach nicht die Tür und per Telefon versuche ich es lieber gar nicht erst.« Er tippte sich vielsagend ans Ohr. »Ich fürchte, es gab da vor Kurzem ein Missverständnis, als ich sie zum Treffen unseres Bingo-Clubs einladen wollte. Aus ihrer Reaktion war zu schließen, dass das irgendwie falsch bei ihr angekommen ist.«

»Das ... klingt in der Tat nach einer interessanten Nachbarschaftsgeschichte«, erwiderte Justus zögerlich. Seine Gedanken rotierten auf Hochtouren.

»Ich würde dieses Missverständnis gerne aus der Welt räumen«, fuhr Mr Barnsworth fort. »Falls du sie noch mal triffst, wäre es großartig, wenn du ein gutes Wort für mich einlegen würdest. Ich selbst hab jetzt leider keine Zeit für dich, weil ich gleich Besuch bekomme. Aber wenn du willst, kannst du gerne morgen wiederkommen.«

Justus nickte langsam. »Vielen Dank für das Angebot ... und einen schönen Abend, Sir!«

Terry Barnsworth hob zum Abschied die Hand, dann schloss er auf und huschte in sein Apartment. Zwar konnte Justus dabei nur knapp zwei Sekunden lang ins Innere blicken, aber dies genügte ihm, um eine bedeutsame Entdeckung zu machen …

Bob straffte sich und schwang das linke Bein in die Öffnung. Anschließend hielt er sich mit beiden Händen am oberen Rand fest und zog ächzend das andere Bein nach. Er wollte mit den Füßen voran hinabgleiten, doch dazu musste er sich erst mal durch diese elend enge quadratische Öffnung quetschen. Bobs jetzige verkrümmte Sitzhaltung erinnerte an einen Lebensmüden, der falsch herum auf einem Fenstersims hockte. Er steckte sich die Taschenlampe in den Mund und legte seine ausgestreckten Arme um den gewaltigen Hals des Monstrums, als würde er einen guten Kumpel umarmen. Gleichzeitig entließ er sämtliche Luft aus seinen Lungen und schob sich durch die Wartungsluke. Schmerzhaft verdreht rutschte er Stück für Stück tiefer, bis er plötzlich mit dem Kinn am oberen Rand der Luke hängen blieb. Lodernd heiß flammte die Angst in ihm auf, er würde feststecken und die Robertsons müssten jetzt die Feuerwehr alarmieren, um ihn aus der Falle herauszuschweißen.
»Alles in Ordnung bei dir?«, hörte er Peter von unten fragen.
›Ob alles in Ordnung ist?!?‹, durchzuckte es Bob, der wegen der Lampe zwischen seinen Zähnen ja nicht antworten konnte. ›Aber natürlich – ich hänge hier nur zu meinem Privatvergnügen rum, um die hübsche Deckenvertäfelung zu studieren!‹

Gerade wollte er die Lampe ausspucken, um lautstark um Hilfe zu brüllen, da fanden seine Fußspitzen plötzlich Halt auf einer Fugenrille. So war es ihm möglich, Druck nach oben aufzubauen und sein Kinn leicht anzuheben, um es anschließend seitlich abzuwinkeln. Jetzt klappte es! Stück für Stück sank er in die Tiefe. Dabei kam sich Bob wie eine viel zu große Tablette vor, die eine viel zu enge Speiseröhre hinabrutschte. ›Das hätte ich mir auch nicht träumen lassen‹, dachte er halb grimmig, halb belustigt. ›Bob Andrews, verantwortlich für Recherchen und Archiv, als Schlangenmensch *in* einer Riesenschlange!‹
Einige Sekunden später berührten seine Schuhsohlen endlich festen Grund und er ließ sich auf die Knie sinken. Zunächst öffnete er den Mund, ließ die Taschenlampe in seine Hand fallen und atmete mehrmals tief durch. »Ich … bin jetzt unten«, vermeldete er lautstark.
»Großartig, mein Junge!«, rief Charmayne erfreut. »Ich hoffe, du wirst schnell fündig!«
Bob knipste die Lampe an und leuchtete den schlauchartigen Metalltunnel des Schlangenkörpers entlang, der nach etwa drei Metern links abzweigte. Bis auf gelegentliche Rostspuren, viele Staubflusen und ein paar undefinierbare Krümel war jedoch nichts Auffälliges zu entdecken. Mühsam änderte Bob seine Position, um auf allen vieren und mit eingezogenem Kopf durch die Röhre zu kriechen. Er hatte das Gefühl, sich in einem waagerechten Gullyschacht zu befinden. Glücklicherweise fehlte der entsprechende Gestank. Endlich hatte Bob die Biegung erreicht und schob seinen Kopf um die Ecke. Unvermittelt schrie er auf und schlug mit

den Händen um sich. Von außen hörte es sich so an, als wollte der dritte Detektiv den Ogopogo in einem Tobsuchtsanfall kurz und klein schlagen.

»Bob!«, rief Peter entsetzt. »Was ist denn los bei dir??«

Auch Charmayne starrte erschrocken auf die polternde Riesenschlange, und selbst die sonst nahezu reglose Miene von Wally Robertson spiegelte echte Beunruhigung wider.

Umso größer war bei allen die Erleichterung, als nun Bobs ekelverzerrte Stimme erklang. »Spinnweben …!« Ein heiseres Würgen folgte.

Verärgert schüttelte Peter den Kopf. »Wegen ein paar Spinnweben veranstaltest du ein solches Theater?«

»*IM MUND!*«, keifte Bob zurück und spuckte angewidert weitere Überreste aus. Hektisch leuchtete er die Umgebung nach den Urhebern des erstaunlich großen und dichten Netzes ab, konnte zu seiner Beruhigung jedoch nichts finden. »Hier drin muss mal ’ne ganze Spinnenkolonie gehaust haben, aber zum Glück sind die offensichtlich gerade alle im Urlaub …«

Der Zweite Detektiv gab einen leisen Seufzer von sich. »Okay, dann schlage ich vor, wir beruhigen uns jetzt alle und du machst mit deiner Untersuchung weiter.« Mit diesen Worten wandte er sich wieder der aus Plastikkorallen und künstlichen Meerespflanzen bestehenden Podestdekoration zu. Als er gerade eine besonders farbenfrohe Muschel anhob, nahm Peter eine Bewegung an der Saaltür wahr. Neugierig hob er den Kopf und blickte direkt in die funkelnden Augen des Hausverwalters. Der Mann hatte die Tür nur leicht geöffnet und machte keinerlei Anstalten einzutreten. Es war

ziemlich offensichtlich, dass er einen heimlichen Blick auf das Geschehen im Saal werfen wollte – vermutlich angelockt durch den Lärm. Aber den hätte er vom Ostflügel aus gar nicht hören können und es wäre ihm auch nicht möglich gewesen, so schnell hier zu sein. Hayward musste somit schon die ganze Zeit an der Tür gelauert haben. Hatte er sich nicht in seine Wohnräume zurückziehen wollen? Und wozu diese Geheimniskrämerei? Welchen Grund konnte es geben, seine Anwesenheit vor den Robertsons zu verbergen? Oder ging es ihm gar nicht um das Ehepaar, sondern um die beiden Besucher?
Was auch immer hinter dem merkwürdigen Verhalten des Mannes stecken mochte, sein Gesichtsausdruck zeigte überdeutlich, dass er sich ertappt fühlte. Doch in seinem Blick lag noch etwas anderes – der Zweite Detektiv war allerdings nicht sicher, ob es sich dabei um Zorn oder Nervosität handelte. Mit zusammengepressten Lippen trat Hayward nun rasch zurück und schloss die Tür wieder. Dabei bemerkte Peter, dass der Hausverwalter helle Handschuhe trug. Hatte er die auch schon vorhin am Eingang angehabt?
»Merkwürdige Type …«, murmelte der Zweite Detektiv leise und setzte seine Suche fort.
Währenddessen richtete Bob den Strahl seiner Taschenlampe auf das nächste Teilstück des Schlangentunnels. Auf den ersten Blick sah alles genauso aus wie zuvor: Staub, Rost und vereinzelte Spinnweben, auf die Bob jetzt natürlich mit stark erhöhter Aufmerksamkeit achtete. Doch dann fiel ihm eine dunkle, seltsam unsymmetrische Stelle auf dem ansonsten durchgängig silbergrauen Metallboden ins Auge.

»Äh … Mrs Robertson?«, fragte er mit einem Unterton in der Stimme, der ihm selbst ganz und gar nicht gefiel. »Wissen Sie, ob sich irgendwann mal jemand auf oder an diesem Seeungeheuer verletzt hat?«
»Verletzt?« Mrs Robertson stutzte. »Nicht dass ich wüsste. Zumindest nicht, seit diese Figur in unserem Besitz ist.«
Peter verspürte ein unangenehmes Grummeln in seiner Magengrube. Er wusste nur allzu gut, dass Bob eine solche Frage nicht ohne Grund stellen würde. Und dieser Grund hatte nichts Gutes zu bedeuten. »Warum fragst du das?«
Bobs Kehle fühlte sich plötzlich wie zugeschnürt an. »Weil ich glaube, dass ich getrocknetes Blut entdeckt habe …«

Folgenschwere Fotos und merkwürdige Monstermägen

Bis kurz vor dem Ende der Begegnung im Flur war Justus der Ansicht gewesen, den plausibel klingenden Worten von Mr Barnsworth Glauben schenken zu können. Doch dann hatte er diesen raschen Blick in das Apartment geworfen. Der auf ein weißes Telefontischchen gefallen war. Und auf das große gerahmte Foto von Mrs Flagstaff, das darauf stand. Auf dem Weg nach unten dachte der Erste Detektiv fieberhaft darüber nach, welche Schlussfolgerung daraus zu ziehen war. Einerseits untergrub diese Entdeckung die Glaubwürdigkeit von Mr Barnsworth, der angeblich nur als netter Nachbar Mrs Flagstaff zum Bingo-Club einladen wollte. Andererseits erschien ihm jetzt auch die Version seiner Klientin nicht mehr wirklich überzeugend. Denn wenn Mr Barnsworth tatsächlich nach einem aufdringlichen Flirt abserviert worden wäre und daraufhin Hassgefühle entwickelt hätte, würde er wohl kaum noch ein Bild von Mrs Flagstaff in Ehren halten. So verblieb Variante drei: Mr Barnsworth hatte tatsächlich ein Auge auf seine Nachbarin geworfen, *ohne* sich bislang jedoch getraut zu haben, einen ernsthaften Annäherungsversuch zu unternehmen. Möglicherweise stimmte also seine Aussage, es habe sich damals lediglich um eine harmlose Bingo-Anfrage gehandelt, die Mrs Flagstaff völlig fehlgedeutet hatte. In diesem Fall wäre es durchaus nachvollziehbar, dass er ihr die anschließende Überreaktion nicht übel genommen und sicherlich auch keine Drohung gegen sie

ausgestoßen hatte. Wahrscheinlich war es vielmehr eine Entschuldigung gewesen, die sie schlicht und einfach falsch verstanden hatte. Somit wäre es auch schlüssig, dass er nun stark an einer Aufklärung des Vorfalls interessiert war.
Mit Blick auf die diversen hörbedingten Missverständnisse, die Justus allein in der vergangenen knappen Stunde mit Mrs Flagstaff erlebt hatte, beschloss er, dieser letzten Hypothese den Vorzug zu geben. Er würde Terry Barnsworth also – natürlich unter Vorbehalt – von der Verdächtigenliste streichen.
»Einer von zwölf«, murmelte der Erste Detektiv ohne jedes Triumphgefühl. Vor ihm lagen gewiss zahlreiche Einsatzstunden und noch weitaus mehr Meilen Autofahrt, für die er jetzt eine Fortbewegungsmöglichkeit organisieren musste. Stirnrunzelnd öffnete er mit dem Zweitschlüssel die Tür zur Wohnung seiner Klientin und betrat erneut das kuriose Zeitschriftenkabinett. Wie überdeutlich zu hören war, lief im Badezimmer immer noch die Quizshow. Soeben beschimpfte Mrs Flagstaff wüst den Moderator wegen seiner »unverschämt leisen« Fistelstimme. Justus erwog bereits, die Wohnung wieder zu verlassen, ohne Mrs Flagstaff über seine Pläne zu unterrichten, als er plötzlich innehielt. Mit verengten Augen trat er langsam näher an die immer noch leicht offen stehende Badezimmertür heran. In Ermangelung eines benutzbaren Wohnzimmers hatte Mrs Flagstaff ihr – erstaunlich großes – Bad mit allen möglichen und unmöglichen Einrichtungsgegenständen gefüllt, vom abgewetzten Ledersofa über ein Bücherregal bis hin zur Stereoanlage, auf der ein Plastikflamingo thronte. Es war jedoch etwas ande-

res, das den Blick des Ersten Detektivs fesselte: ein Notebook mit angeschlossenem Tintenstrahldrucker, das auf einem Klapptisch neben dem Sofa stand. Aus dem Einzug dieses Druckers ragte Papier, das dieselbe blassgelbe Farbe hatte wie der Schnipsel mit der Drohung ›Deine Zeit läuft ab …‹. Augenblicklich brach in Justus' Kopf ein Gedankensturm los. War es tatsächlich denkbar, dass es überhaupt keinen rachsüchtigen Täter gab, sondern dass Mrs Flagstaff selbst den gesamten Vorfall inszeniert hatte? Noch sträubte sich der Erste Detektiv massiv gegen diese Möglichkeit. Auch die neben dem Drucker liegende Schere beseitigte seine Zweifel noch nicht vollends. Doch dann fiel sein Blick auf einen direkt über Mrs Flagstaffs Kopf hängenden, von der ständigen Feuchtigkeit bereits stark gewellten Fotokalender. Die hemdsärmelige Bearbeitung und das leicht schief klebende Polaroidbild verrieten sofort, dass es sich um ein selbst gebasteltes Exemplar handelte. Justus' Augen weiteten sich in blankem Erstaunen.

Auf dem Bild zu sehen war Mrs Flagstaff, die in einer überraschend liebevollen Geste ihren Arm um einen etwas jüngeren, recht korpulenten Mann mit beigefarbenem Anzug und Halbglatze legte. Aus den nahezu identischen Kinnpartien und einigen weiteren körperlichen Übereinstimmungen schloss Justus, dass es sich um Schwester und Bruder handelte. Nicht das Geschwisterpaar war jedoch verantwortlich für Justus' Aufregung, sondern das als prachtvolle Kulisse dienende Gebäude im Hintergrund. Es handelte sich um eine mächtige schiefergraue Villa in klassizistischem Stil, die von einer blühenden Hügellandschaft umgeben war. Und Justus wäre bereit gewesen, bei Mr Nick Mintz das geheime Rezept von Tante Mathildas preisgekröntem Kirschkuchen darauf zu wetten, dass es sich hier um die Villa von Wally Robertson handelte, die er erst heute Nachmittag im Internet eingehend betrachtet hatte!

»Blut?!« Peter riss die Augen auf.
Auch die Robertsons wirkten aufrichtig verunsichert. Energisch wedelte Charmayne nun jedoch mit der Hand und wandte sich dem Metallrohr zu. »Könnte es nicht sein, dass es sich um schlichte Farbe handelt? Die könnte damals beim Anstrich doch versehentlich durch einen Fugenspalt ins Innere getropft sein.«
Verärgert presste Bob die Lippen aufeinander, um einen pikierten Kommentar zu unterdrücken. Manchmal ging ihm die besserwisserische Art von Erwachsenen mächtig auf die Nerven. »Korrigieren Sie mich, falls ich mich irre, Mrs Robertson, aber nach meiner Erinnerung ist die gesamte Seeschlange in unterschiedlich dunklen *Grün*tönen angestrichen. Rotbraun dagegen kommt nirgendwo vor, oder?«
»Das stimmt allerdings«, gab Charmayne zu.
»Vielleicht ist das Vieh ja irgendwann mal übermalt worden und seine ursprüngliche Farbe war Braun«, schlug Peter halbherzig vor.
»Dann hätte hier aber sehr viel mehr Farbe hereingetropft sein müssen«, wandte Bob ein. »Schließlich sind zwischen den Metallplatten überall schmale Ritzen.« Er schnaubte gereizt. Ihn wurmte die unterschwellige Kritik an seiner Urteilsfähigkeit. Wie sollte man unter diesen Bedingungen,

eingequetscht in eine enge Röhre und ohne jegliche Hilfsmittel, eine exakte Analyse durchführen?

In Peters Kopf wirbelten die Gedanken in einer ganz anderen Richtung umher. War es möglich, dass es hier in Wahrheit gar nicht um das harmlose Auffinden einer Halskette ging? Hatten die Worte von Mrs Robertson über die ›außergewöhnliche Leidenschaft‹ ihres Mannes vielleicht eine weitaus erschreckendere Bedeutung als angenommen? »Ich … sag's ja nur ungern, aber falls das da drin wirklich Blut ist, dann können wir nicht ausschließen, dass hier ein … Verbrechen stattgefunden hat«, stellte der Zweite Detektiv zögerlich fest.

»Ein Verbrechen?«, fragte Charmayne entgeistert. »Ihr glaubt doch wohl nicht im Ernst, dass Wally und ich irgendjemanden *umgebracht* haben und dann auch noch so dumm wären, direkt am Tatort Detektive auf eine Suche zu schicken!?«

»Aber nein, selbstverständlich nicht«, beschwichtigte Bob von innen rasch. »Peter wollte lediglich … Moment mal! Da ist noch etwas anderes. Mal schauen …«

Dem dritten Detektiv war soeben am linken Rand der Röhre ein dünner, weißer Gegenstand aufgefallen, den er im ersten Moment für eine Kugelschreibermine gehalten hatte. Als er sich näher hinunterbeugte und seinen Irrtum bemerkte, stieß er einen befreiten Stoßseufzer aus.

Erwartungsvoll hob Peter die Augenbrauen. »Kann es sein, dass die Blutflecktheorie sich gerade erledigt hat?«

»Jepp«, gab Bob zerknirscht zurück. »Ich habe den Stiel von einem Lolli gefunden, der hier irgendwann mal reingefallen und bei großer Hitze geschmolzen sein muss. Spontan tippe ich auf Colageschmack. Und *nein* – ich werde das jetzt nicht per Zungentest feststellen.«

»Puh …«, schnaufte Peter erleichtert. »Eins ist sicher: Ich habe mich noch nie dermaßen über einen ekligen alten Colalolli gefreut.«

»Dem kann ich nur voll und ganz zustimmen.« Charmayne lächelte hoffnungsvoll. »Heißt das, ihr könnt weitermachen?«

»Also, was mich angeht – ich bin als Schlupfkrabbler inzwischen so richtig warm gelaufen«, erwiderte Bob. »Ich sehe mir jetzt noch schnell den Hintern von diesem Ottolotto an und dann geht's ab ins nächste Ungeheuer.«

Doch bevor er seine Untersuchung fortsetzen konnte, klingelte erneut sein Handy. Es war wiederum Justus, dessen Stimme sehr angespannt klang. »Hallo, Bob, ich bin's. Bist du gerade ungestört?«

Verwundert blinzelte der dritte Detektiv. »Äh, nicht direkt«, erwiderte er mit gesenkter Stimme, »aber ich bin eine ganze Ecke von den Robertsons weg, und wenn ich leise spreche, können sie vermutlich nicht verstehen, was ich sage. Ist etwas passiert?«

»Allerdings, und deshalb werde ich vermutlich doch schneller wieder bei euch sein, als gedacht. Zunächst aber habe ich eine wichtige Frage: Wohnt in der Villa außer den Robertsons auch ein dicklicher Mann um die sechzig mit spitzem Kinn und Halbglatze?«

Nun war Bob endgültig perplex. »Woher weißt du das?«

»Für Erklärungen ist später noch Zeit«, wiegelte Justus hastig ab. »Um wen handelt es sich denn?«

»Der Typ heißt Hayward und ist hier der Hausverwalter. Aber wieso –«

»Nicht jetzt. Ihr erfahrt alles, wenn ich bei euch bin.« Ohne ein weiteres Wort beendete Justus das Telefonat und hinterließ einen völlig verwirrten dritten Detektiv.

»Bob? Gibt's irgendein Problem?«, erkundigte sich Charmayne, die sich offenbar über die entstandene Stille nach dem Handyklingeln gewundert hatte.

»Nein, nein – alles in Ordnung«, gab er schnell zurück. »Das war nur unser Freund Justus mit einer Frage. Ich mache dann jetzt weiter.«

Der letzte Abschnitt des Seeungeheuers bot jedoch keinerlei Überraschungen. Während seiner Suche kreisten Bobs Gedanken ständig um den rätselhaften Anruf. Wie war es möglich, dass der Erste Detektiv von Mr Hayward wusste, obwohl er nie hier gewesen war? Und wieso erkundigte er sich nach dem Mann, obwohl er doch einen ganz anderen Fall zu lösen hatte? Was konnte an diesem Hausverwalter so wichtig sein?

Nach einem letzten prüfenden Blick in die äußerste Spitze des Schlangenschwanzes rutschte Bob schließlich rückwärts zum Halsansatz, drehte sich anschließend in der Hocke um und richtete sich auf. Zu seinem Erstaunen verlief der Aufstieg deutlich unproblematischer als erwartet. Dank Peters tatkräftiger Assistenz am Kabel und unter Einsatz seiner Ellenbogen und Knie erreichte er schon nach wenigen Augenblicken die Wartungsluke.

Wieder zurück auf dem Podest berichtete er dem Zweiten Detektiv leise von Justus' seltsamer Frage nach Mr Hayward, woraufhin Peter ihm im Gegenzug aufgeregt flüsternd die Späh-Aktion des Verwalters schilderte. Auch wenn die Hintergründe noch völlig unklar waren – eines stand fest: An dem Mann war definitiv etwas faul.

Als die Jungen zu ihren Auftraggebern zurückkehrten, wies Mrs Robertson lächelnd auf den Beistelltisch. »Nach diesem Schreck in der Abendstunde schlage ich vor, dass wir erst mal eine kleine Stärkungspause einlegen und das Imbisstablett plündern. Was meint ihr?«

Bevor die Jungen darauf reagieren konnten, ertönte wieder die Türklingel.

»Falls das noch mal dieser Vertreter ist, muss der Typ echt hartnäckig sein«, stellte Peter fest.

Da es noch vier weitere Male läutete, bis es schließlich wieder still wurde, schien sich diese Vermutung zu bestätigen.

Ungehalten schüttelte Mrs Robertson den Kopf. »Manche Leute sind einfach unmöglich!« Dann leuchtete wieder ihr Lächeln auf und sie deutete auffordernd auf die Sandwiches. »Aber davon solltet ihr euch den Appetit nicht verderben lassen – greift zu!«

Peter und Bob wollten sich ihre Anspannung nicht anmerken lassen, außerdem hatten sie Hunger, also nahm sich jeder ein Sandwich.

Danach machten sie sich sofort an die Untersuchung des nächsten Monstrums. Es handelte sich um einen alten Bekannten.

»Da sind wir also wieder bei meinem lieben Federfreund«, stellte Peter fest und rückte die Leiter vor den mächtigen Urzeitvogel mit dem Lama im Maul. Dann schaute er zu

Bob hinüber, der gerade vor dem Infoschild stand. »Und wo kann man dieses Riesengeflügel in freier Wildbahn antreffen? Ich frage nur, damit ich das Land auf meine Liste verbotener Urlaubsziele setzen kann.«

»Oh, da kommt aber eine Menge zusammen«, gab der dritte Detektiv zurück, während er den Text überflog. »Der Phorusrhacos war auf dem gesamten südamerikanischen Kontinent verbreitet. Zwar gilt er seit etwa fünf Millionen Jahren als ausgestorben, aber dennoch gab es in den vergangenen Jahrzehnten vereinzelte Meldungen, dass er in abgelegenen Urwaldgebieten gesichtet wurde.«

»Alles klar, besten Dank.« Peter nickte demonstrativ. »Tropentrips in Südamerika sind hiermit offiziell gestrichen.«

Bob grinste breit. »Das ist für dich ja wirklich ein großes Opfer. Schließlich waren Expeditionen durch tiefste Dschungel bekanntlich schon immer deine große Leidenschaft.« Er tätschelte eines der massiven Beine des Terrorvogels. »Also, mir ist der Bursche schon allein deshalb sympathisch, weil ich nicht in ihn reinklettern muss.«

Tatsächlich war der Rumpf des Phorusrhacos trotz seiner beeindruckenden Gesamtgröße zu klein, als dass Bob sich komplett hätte hineinzwängen können. Diesmal würde es also ausreichen, sich mit dem Oberkörper in die Luke an der Brust des Vogels hineinzuschieben, um den Innenraum abzuleuchten. Eine Sicherung per Kabel war somit ebenfalls unnötig, dennoch konnte Peter dem dritten Detektiv auf andere Weise behilflich sein. Jemand musste nämlich die täuschend echt aussehende Lama-Attrappe beiseiteziehen und festhalten, damit Bob überhaupt an die Luke gelangen konnte. So stiegen beide Jungen auf jeweils einer Seite der Klappleiter nach oben.

Naserümpfend nahm Peter seinen Posten ein. »Wenn ich gewusst hätte, dass auch das Umarmen von Tierkadavern zu meinen Jobs zählen würde, hätte ich mir zweimal überlegt, Detektiv zu werden …«

Aufmunternd klopfte ihm Bob auf die Schulter. »Na, dann bin ich aber froh, dass du damals ahnungslos warst.«

Wie erhofft, gestaltete sich die zweite Suchaktion trotz des ausladenden Getriebes im Inneren, das Bob die Sicht versperrte, deutlich einfacher als beim Ogopogo.

Nach kaum einer Minute zog der dritte Detektiv seinen Oberkörper wieder aus der Luke heraus und verkündete: »Unser Federkamerad mag ja schon vieles ausgefressen haben, aber er ist definitiv kein Schmuckräuber.«

Auch der nun folgende, gut zweieinhalb Meter große Riesenwolf namens Waheela, der laut einem indianischen Mythos als böser Geist in den Einöden Kanadas und Alaskas sein Unwesen trieb, erwies sich als detektivischer Fehlschlag.

Missmutig klappte Bob die Wartungsluke wieder zu. »Im Märchen schlüpft am Ende ein komplettes Rotkäppchen samt Großmutter aus dem Bauch des bösen Wolfs – da wäre hier eine klitzekleine Halskette doch nun wirklich nicht zu viel verlangt ge–«

Weiter kam er nicht, denn ein gellender Schrei ließ alle Beteiligten zusammenzucken.

»HILFE!!«

Der Mond wird vom Himmel stürzen!

Das kurze Telefonat mit Bob hatte Justus' Verdacht endgültig zur Gewissheit werden lassen: Mrs Flagstaff stand auf irgendeine Weise in direkter Verbindung zum Fall Robertson und hatte ihm das gesamte Bedrohungsszenario nur vorgespielt! Es war höchste Zeit, den Grund dafür zu erfahren. Mit bitterernstem Gesicht klopfte Justus gegen die Badezimmertür, um auf sich aufmerksam zu machen.
Die Seniorin blickte ihn mit einer Mischung aus Überraschung und Missgelauntheit an. »Da bist du ja schon wieder. Hast du der Mistkröte Terry das Handwerk gelegt?«
»Ganz im Gegenteil«, erwiderte der Erste Detektiv so laut, dass Mrs Flagstaff ihn garantiert nicht missverstehen konnte. »Ich habe dem überaus freundlichen Mr Barnsworth soeben einen schönen Abend gewünscht. Und die einzige Person, der ich hier und heute das Handwerk legen werde, sind *Sie*, Mrs Flagstaff! Oder soll ich Sie mit Ihrem Mädchennamen ansprechen, Miss *Hayward*? So heißt ja schließlich auch Ihr Bruder, mit dem Sie diese ganze Posse hier ausgeklügelt haben!«
Für einen kurzen, geradezu unwirklich erscheinenden Moment verschlug es der Dame die Sprache. Wie in Zeitlupe wanderte ihr Daumen zum Aus-Knopf der Fernbedienung und drückte darauf. Im selben Augenblick schoss die Zornesröte in ihr grimmig verzerrtes Gesicht und mit erhobenem Zeigefinger brüllte sie: »Ich hab ja gleich gesagt, dass diese

behämmerte Idee nie und nimmer funktioniert – aber auf mich hört ja wieder keiner!«
Mit einem so raschen Eingeständnis hatte Justus nicht gerechnet, doch er setzte sofort nach. »Und welche Idee genau?«
Entrüstet deutete Mrs Flagstaff an Justus vorbei auf den Glastisch im Wohnzimmer, auf dem immer noch der Beutel mit dem vermeintlichen Drohfoto lag. »Na, dieser ganze Kram da!« Trotzig steckte sie sich einen neuen Zigarillo an. »Aus heiterem Himmel ruft mein Bruder mich heute Nachmittag an mit der idiotischen Bitte, eine Rasselbande namens ›Die drei ???‹ hierherzulocken und mit irgendeiner spannenden Detektivgeschichte auf Trab zu halten. Und ich treue Seele erfülle Dwight diesen Wunsch auch noch!«
»Ich verstehe«, erwiderte Justus streng. »Doch dann musste Ihr Bruder feststellen, dass sein Plan nur zum Teil aufgegangen war. Nach dem Eintreffen meiner beiden Freunde in der Robertson-Villa telefonierte er deshalb ein zweites Mal mit Ihnen und forderte Sie dazu auf, die Sache noch zu dramatisieren, damit Peter und Bob doch noch umkehren.«
Anstelle einer direkten Antwort grummelte Mrs Flagstaff nur empört: »Das muss man sich mal vorstellen …!«
»Statt eines Nick Mintz hatten Sie also Ihren Bruder Dwight am Apparat«, fuhr der Erste Detektiv fort. »Und anschließend tischten Sie mir die schnell ersonnene Zusatzgeschichte mit dem gewalttätigen Buchmacher auf – verbunden mit der ständig wiederholten Forderung, ich solle endlich meine beiden Kollegen nachkommen lassen.«
An den wütend zusammengepressten Lippen der Dame erkannte er, dass auch diese Folgerung ins Schwarze traf.

»Alles nur Show also«, stellte Justus erzürnt fest. »Aber *warum* dieses ganze Theater?«
Zutiefst genervt gestikulierte die Dame wild in der Luft herum. »Herrgott, ICH HABE KEINEN BLASSEN SCHIMMER!«
Verdutzt legte der Erste Detektiv den Kopf schief. »Aber … Ihr Bruder muss Ihnen doch einen Grund dafür genannt haben, warum er uns unbedingt von der Villa fernhalten will.«
»Nee, kein Wort!«, widersprach Mrs Flagstaff energisch.
Aber damit gab sich Justus nicht zufrieden. »Hat diese merkwürdige Bitte Sie nicht irritiert? Oder zieht Ihr Bruder solche Nummern häufiger ab?«
»Bin ich hier die Auskunft, oder was??«, fauchte die Dame entrüstet. »Frag Dwight doch selber, was dieser Hokuspokus soll!« Mit erstaunlicher Geschwindigkeit hievte sie sich aus dem Sofa und stapfte schnaubend an ihrem entgeisterten Gast vorbei. »So, und jetzt stöpsel ich das Telefon ab und hau mich ins Bett! Von diesem ganzen Quatsch habe ich endgültig die Schnauze voll!«
Zwei zugeknallte Türen später stand Justus immer noch am selben Fleck und fragte sich, ob er vielleicht einfach nur einen völlig verrückten Tagtraum hatte, aus dem er schleunigst erwachen sollte. Als das jedoch nicht passierte, wandte er sich schließlich ab und ging zur Haustür. Noch bevor er zur Klinke greifen konnte, dröhnte ein letztes Mal Mrs Flagstaffs erboste Stimme durch die Wohnung.
»Und lass dir bloß nicht einfallen, den Schlüssel mitzunehmen!«

Alarmiert wirbelte Peter herum. »Das kam von draußen! Da ist irgendwas passiert!« Dann sprintete er los Richtung Saaltür.

Bob folgte ihm, ohne zu zögern, blieb jedoch so unglücklich mit dem Fuß in einer Schlaufe des Sicherungskabels hängen, dass er der Länge nach hinfiel. Im Stürzen suchten seine Hände instinktiv nach einem Halt – und erwischten einen der Scheinwerfer auf dem Podest des kanadischen Riesenwolfs. Sowohl die Lampe als auch ein Teil der Bühnendekoration brach aus der Verankerung und stürzte mit ohrenbetäubendem Scheppern auf den Gang. Erschrocken blickte sich Peter um, erkannte zu seiner Erleichterung jedoch rasch, dass sein Freund unversehrt geblieben war. Allerdings versperrte der dritte Detektiv samt den Resultaten seines Missgeschicks nun den Weg, sodass vorerst weder Bob noch Charmayne folgen konnten. Also rannte Peter alleine weiter, riss die Saaltür auf, ließ im Sprint den langen Flur hinter sich und erreichte die Eingangshalle.

Sofort sah er, dass das Portal offen stand. Als er näher kam, bot sich ihm im rötlich-violetten Licht der Abenddämmerung ein unheimliches Bild: Einige Meter vom Fuß der großen Treppe entfernt lag eine gekrümmte Gestalt mit dem Gesicht nach unten im Kies der Auffahrt. Mr Hayward beugte sich soeben mit beunruhigter Miene über den Fremden und streckte seine behandschuhte Rechte nach dessen Schulter aus.

Für Peter stand fest, dass nicht Hayward um Hilfe gerufen hatte, denn die Stimme hatte deutlich jünger geklungen. Demnach hatte wohl der mit einem dunklen Kapuzenpullover bekleidete Unbekannte den Schrei ausgestoßen, bevor er zusammengebrochen war. Gerade wollte Peter dem Verwalter helfen, den Mann auf den Rücken zu drehen, um festzustellen, was mit ihm los war, da sprang der Fremde plötzlich wie ein Kastenteufel hoch! Der bullige Mann trug eine groteske Maske, die dem schneeweißen Porzellangesicht einer unheimlichen Mädchenpuppe mit blutrotem Kussmund nachempfunden war.

»Der Mond wird vom Himmel stürzen!«, kreischte die grässliche Fratze wie von Sinnen, dann warf sich der Unbekannte ohne Vorwarnung mit der Schulter so heftig gegen Peter, dass dieser ins Taumeln geriet und stürzte. In derselben Sekunde spurtete der Mann los und rannte die Auffahrt hinunter. Fluchend rappelte sich Peter unter den entsetzten Blicken des erstarrten Hayward wieder auf und wollte zur Verfolgung ansetzen, da riss der Hausverwalter warnend die Hand hoch.

»Tu das nicht! Diese Verrückten können gefährlich sein!«

Überrascht hielt Peter inne. »Das klingt ja fast so, als würden Sie den Typen kennen.« Da es ohnehin aussichtslos schien, den Maskenmann mit diesem Vorsprung in der aufziehenden Dunkelheit zu verfolgen, wandte sich der Zweite Detektiv um und ging auf Mr Hayward zu.

Dieser schüttelte abwehrend den Kopf. »Nein, nicht ihn persönlich, aber diese Sorte von Leuten.«

»Diese Sorte?«, fragte Peter irritiert, während er den aufgewühlten Kiesboden nach verwertbaren Spuren absuchte.

»Alkoholisierte oder mit Drogen vollgepumpte Jugendliche, die sich in den Hollywood Hills rumtreiben, um ihren Frust an der High Society auszulassen«, erklärte Mr Hayward mit kaum verhohlenem Abscheu. »Aber bislang waren sie nie so dreist, sich direkt aufs Grundstück zu wagen.«

»Peter?!«, erklang es nun aus dem Hintergrund. Sichtlich besorgt trat der dritte Detektiv nach draußen. Irritiert musterte er das versteinerte Gesicht des Hausverwalters und musste sofort wieder an Justus' rätselhafte Frage nach Mr Hayward und an Peters Beobachtung im Saal denken. Was führte dieser Mann im Schilde? Und wer hatte da gerade um Hilfe geschrien? »Was … ist denn hier passiert?«

Peter gab einen lauten Seufzer von sich. »Ob du's glaubst oder nicht, aber hier hat gerade ein Spinner mit einer Puppenmaske den Absturz des Mondes vorhergesagt …«

Da der Maskierte außer recht großen Fußabdrücken keine weiteren Spuren, geschweige denn Hinweise auf seine Identität, hinterlassen hatte, kehrte die kleine Gruppe in die Villa zurück. In der Eingangshalle berichteten Peter und der Verwalter dem gerade eintreffenden Robertson-Paar ihr rätselhaftes Erlebnis. Anschließend verabschiedete sich Mr Hayward unter den argwöhnischen Blicken von Bob und Peter in seinen Wohntrakt.

»Das Ganze ist ja wirklich unfassbar!«, bekundete Charmayne betroffen. »Unser eigener Gast – attackiert von einem unzurechnungsfähigen Kriminellen!«

Peter lächelte matt. »Machen Sie sich keine Sorgen, mir geht es gut. Ich habe schon ganz andere Gefechte überstanden und der Typ ist nun bestimmt über alle Berge.«

Sichtlich erleichtert schaute Mrs Robertson zum Flur hinüber. »Dann … können wir die Suche also fortsetzen?«

»Ja, das können wir«, erwiderte Bob mit dem Anflug eines Schmunzelns. »Und dank meines famosen Sturzes weiß ich jetzt auch verlässlich, dass das Sicherungskabel absolut reißfest ist.«
So kehrten sie in den Saal zurück und setzten die Suche fort. Beim nun folgenden Monstrum handelte es sich um den sagenumwobenen, fast vier Meter großen Riesenbären Irkulyen, der angeblich vielfach auf der russischen Halbinsel Kamtschatka gesichtet worden war.
»Mein lieber Mann ...«, murmelte Peter staunend. »Die Tatzen von diesem Megateddy sind ja so groß wie Klodeckel! Und dann diese Krallen – das sind die reinsten Fleischermesser.«
Auch Bob war beeindruckt. »Wo der zuschlägt, wächst kein Kraut mehr, nicht mal Unkraut.« Er war bereits auf der Leiter zur Rückenklappe der Figur hinaufgestiegen, zwängte nun seinen Oberkörper hinein und gab bereits wenige Augenblicke später ein unwirsches Knurren von sich. »Wieder ein leerer Riesenmagen ...« Verdrossen kam er die Leiter herunter. »Statt kostbaren Geschmeides nur Staub und eine halb zerfallene Motte.«
Grummelnd wandte sich Peter dem nächsten Ausstellungsstück zu, hielt inne und schüttelte verdattert den Kopf. »Jetzt wird's völlig irre. Ein Löwe mit Leopardenfell?!«
Neugierig betrachtete Bob das Infoschild und las vor. »Die höchst seltenen Marozi sollen in Kenia beheimatet sein. Sie gleichen schlanken Löwen mit leopardenartiger Fellzeichnung. Bei den vereinzelten Sichtungen wurden sie stets paarweise angetroffen, was sowohl für Löwen als auch Leoparden

untypisch ist. Ihre tatsächliche Existenz konnte bislang jedoch nicht zweifelsfrei nachgewiesen werden.«

»Also, bei so einem schönen Tier fände ich es ausnahmsweise sogar toll, wenn es wirklich irgendwo in Afrika leben würde«, stellte Peter fest.

Bob zwinkerte amüsiert. »Am anderen Ende der Welt wären die Marozi ja auch in sicherer Entfernung zu dir, stimmt's?«

Doch bevor Peter auf diese Stichelei antworten konnte, öffnete der dritte Detektiv betont geräuschvoll die Wartungsluke an der Flanke der Figur, zwängte Kopf und Schultern durch die Öffnung, schaltete die Taschenlampe ein und blickte ins Innere. Als Erstes fiel ihm eine offen stehende Belüftungsklappe unten am Bauch der Figur auf. Der Verschluss des Gitterdeckels musste sich gelöst haben und hing lose herab.

Zu weiteren Beobachtungen hatte Bob jedoch keine Gelegenheit mehr, denn in diesem Moment flog ihm ein fauchender Schatten entgegen! Mit einem spitzen Aufschrei riss der dritte Detektiv seinen Arm vors Gesicht. Daraufhin wechselte die kleine Gestalt abrupt die Richtung, schoss wie ein geölter Blitz aus der unteren Luke und verschwand mit wütendem Miauen zwischen den Monsterbühnen.

»Eine weiße Katze«, diagnostizierte Peter trocken.

»Eine Katze?!?«, schnaubte Bob, schob sich ins Freie und besah sich den Kratzer an seiner Hand. »Ich dachte, mich fällt ein tollwütiger Vielfraß an!«

Betroffen schlug Charmayne die Hände vor den Mund. »Oje, das tut mir wirklich wahnsinnig leid! An Lilly hatte ich in all dem Wirbel gar nicht mehr gedacht!«

»Soso, Lilly heißt die temperamentvolle Dame also«, erwiderte Peter und konnte sich ein Grinsen nicht verkneifen.
»Und Lillys Lieblingsplätzchen ist ein hohler Löwe«, folgerte Bob, der nun ebenfalls grinsen musste. »Eine Katze in einer Katze – so etwas kann's auch nur hier geben.« Kopfschüttelnd blickte er in die Richtung, in die der aufgescheuchte Stubentiger verschwunden war – und stutzte. An der Kopfseite des Saals in Höhe des Terrorvogels hatte er einen mannsgroßen Schemen wahrgenommen, der in derselben Sekunde hinter dem gefiederten Ungeheuer verschwunden war. Da die Bewegungsautomatik immer noch abgeschaltet war, musste sich also noch jemand hier im Raum aufhalten, und dafür kam nur der undurchsichtige Hausverwalter infrage. Er spionierte sie also immer noch aus.
Peter hatte Bobs Blick bemerkt. »Ist was?«
»Nein, alles in Ordnung – ich musste nur mal kurz durchschnaufen«, entgegnete der dritte Detektiv rasch. Er durfte nicht riskieren, die Aufmerksamkeit der Robertsons auf Mr Hayward zu lenken, solange dessen seltsames Verhalten noch völlig ungeklärt war. Hoffentlich kam Justus bald …
Nach den letzten, von ihrer körperlichen Gestalt her eher unkomplizierten Geschöpfen kam nun erneut ein echtes Schwergewicht aus der Liga eines Ogopogo auf den dritten Detektiv zu. Es handelte sich um ein gut zehn Meter großes, langhalsiges und auf vier elefantenartigen Beinen stehendes Saurierwesen namens Mokèlé-Mbèmbé, das angeblich immer wieder tief in den Urwäldern des Kongo gesichtet worden war.
»Na, das kann ja spaßig werden.« Bob sah sich bereits hoff-

nungslos in den Windungen der mächtigen Echsenfigur feststecken. Stirnrunzelnd wandte er sich den Robertsons zu. »In dem Ding werde ich vermutlich eine ganze Weile zubringen, deshalb würde ich vorher gerne noch Ihre Toilette benutzen.« Er lächelte verlegen. »Die Limonade meldet sich allmählich.«

»Oh, selbstverständlich.« Charmayne wies zur Eingangstür. »Einfach zurück in die Halle und im gegenüberliegenden Flur die dritte Tür links.«

»Alles klar, bis gleich!« Auf dem Weg durch den Saal blickte sich Bob immer wieder unauffällig um und ging schließlich bewusst nahe am Terrorvogel vorbei, doch er bemerkte weder einen verdächtigen Schatten noch irgendwelche Bewegungen zwischen den Monstern. Entweder hatte sich Hayward gut versteckt oder er befand sich inzwischen nicht mehr hier. In der Eingangshalle angekommen, hielt Bob vor der großen Wendeltreppe kurz inne. Irgendetwas irritierte ihn, ohne dass er jedoch einordnen konnte, was es war. Schließlich zuckte er mit den Schultern, ging weiter in den angrenzenden Flur und öffnete die Tür zum großen, erstaunlich modern eingerichteten Badezimmer.

Nachdem er sich erleichtert hatte, wusch sich der dritte Detektiv ausgiebig die Hände und das erhitzte Gesicht. Anschließend entnahm er einem Medizinschränkchen ein Pflaster und verarztete notdürftig die kleine Kratzwunde am Ringfinger der linken Hand. Danach benötigte er noch eine ganze Weile, um seine völlig zerwühlten Haare wieder in halbwegs vorzeigbare Form zu bringen und diverse Spinnweben herauszuzupfen. Plötzlich verharrte er überrascht. Er hatte direkt unter sich ein leises, aber deutlich wahrnehmbares Rumpeln gehört. Peter und das Robertson-Paar schieden als Verursacher aus, ebenso wie die kranke Mutter. Der rätselhafte Mr Hayward hatte also offensichtlich seinen Standort gewechselt – diesmal nach unten in den Keller. Aber was trieb er dort? Hatte er seine Beschattungsaktion plötzlich abgebrochen?

Zu gern hätte Bob einen kurzen Blick in die unteren Räume geworfen, aber die Robertsons würden gewiss misstrauisch werden, wenn seine Rückkehr sich noch weiter verzögerte. Außerdem war es garantiert nicht in Justus' Sinne, wenn Bob dort unten aus Versehen direkt in Mr Haywards Arme lief und in Erklärungsnot geriet.

Mit gerunzelter Stirn verließ der dritte Detektiv das Bad und durchquerte den Flur und die Halle – aufmerksam aus der Deckung einer hohen Ziersäule beobachtet von den stechenden Augen des Hausverwalters …

Wieder vereint

Als Bob in den Saal zurückkehrte, winkte ihm zu seiner Überraschung auch Justus entgegen, in der einen Hand ein Sandwich, in der anderen ein Glas Limonade.
»Wo kommst du denn plötzlich her?«, fragte Bob erstaunt. »Ich habe gar keine Türklingel gehört.«
»Die musste ich auch gar nicht betätigen«, gab Justus lächelnd zurück. »Der liebenswürdige Mr Hayward hat mein Taxi kommen sehen und war so freundlich, mich einzulassen und hierherzuführen.«
Am Blick des Ersten Detektivs erkannte Bob, dass Justus im Beisein der Robertsons nicht auf seine Kenntnisse über den Hausverwalter eingehen wollte. »Das muss ja eine ziemlich kostspielige Fahrt gewesen sein, oder?«, fragte er stattdessen.
Justus' Miene verdunkelte sich. »In der Tat, aber das war leider unumgänglich. Morton konnte nicht einspringen, weil er sich gerade in San Francisco aufhält, und dein Vater war um diese Uhrzeit nicht mehr in der Zeitungsredaktion. Auch zwei andere Optionen haben sich zerschlagen.« Er seufzte vernehmlich. »Mit dem Metrobus hätte meine Anreise eine halbe Ewigkeit gedauert, zumal hier in den Hollywood Hills weit und breit keine Haltestelle ist. Also blieb zum Schluss nur das Taxi übrig.«
»Schön, dass du den Weg zu uns dennoch auf dich genommen hast«, bekundete Charmayne fröhlich. »Die Fahrtkosten werde ich dir selbstverständlich erstatten.«
»Sehr freundlich, herzlichen Dank«, erwiderte Justus strah-

lend. Für die Fahrt war fast sein gesamtes restliches Taschengeld draufgegangen, worüber er sich dann doch ziemlich geärgert hatte. Jetzt jedoch hellte sich seine Laune schlagartig auf.

»Du konntest deinen Fall also ziemlich fix lösen«, folgerte Peter. »War das Ganze doch ein Missverständnis?«

»So etwas Ähnliches«, entgegnete Justus bewusst vage. »Details erzähle ich euch später – jetzt sollten wir erst mal hier weitermachen.« Mit diesen Worten drehte er sich einmal um die eigene Achse. »Trotz Bobs telefonischer Beschreibung hatte ich nicht damit gerechnet, dass diese Ausstellung so gigantisch ist. Ein regelrechtes Panoptikum der Kryptiden.«

»So etwas kann man – also jedenfalls ein normaler Mensch – eben nicht mit Worten erklären, das muss man selbst gesehen haben«, bestätigte Peter schmunzelnd, während sie zu dem Mokèlé-Mbèmbé zurückgingen.

»Und ich darf sogar *ganz genau* hinsehen.« Beherzt stieg Bob die Leiter zur Rückenklappe des afrikanischen Ungeheuers hinauf und zwängte sich ins Innere, was diesmal einigermaßen problemlos verlief. Während er in dem Urtier herumkletterte, führten Justus und Peter die Untersuchung des mächtigen Podests durch. Dabei versuchten sie sich immer in der Nähe jenes Körperteils aufzuhalten, den Bob gerade kontrollierte, damit sie sich zu dritt leise unterhalten konnten, ohne dass die Robertsons mithörten. Die üppige Dschungeldekoration bot dabei eine willkommene Deckung.

»Ihr werdet es kaum glauben«, erklärte der Erste Detektiv mit verschwörerischem Tonfall, »aber die ganz und gar nicht harmlose Mrs Flagstaff hat das gesamte Bedrohungsszenario

selber inszeniert. Und zwar auf Anweisung ihres lieben Bruders Dwight Hayward.«
»Das gibt's doch nicht!«, zischte Peter entgeistert.
Auch Bob war sichtlich überrascht. »Aber … wozu denn?«
»Es war ein Ablenkungsmanöver, um uns drei von hier fernzuhalten«, erklärte Justus. »Allerdings hat es nicht so funktioniert, wie der Verwalter sich das vorgestellt hat.« Der Erste Detektiv grinste. »Erst taucht ihr pünktlich hier auf und jetzt komme auch noch ich hinzu. Wahrscheinlich versucht er gerade händeringend, seine Schwester ans Telefon zu kriegen, um zu erfahren, was schiefgegangen ist. Aber daraus wird nichts – die ist heute für niemanden mehr erreichbar.«
»Aber warum wollte der Verwalter uns unbedingt von hier fernhalten?«
»Das entzieht sich derzeit noch meiner Kenntnis. Mrs Flagstaff hat behauptet, ihr Bruder habe ihr nur Anweisungen erteilt, ohne jede Begründung.« Justus zupfte nachdenklich an seiner Unterlippe. »Und ich glaube ihr. Dessen ungeachtet drängen sich von der Warte der Logik aus vor allem zwei Motive in den Vordergrund.«
»Nämlich?«, fragte Peter gespannt.
»Einerseits wäre es möglich, dass Hayward weiß, dass diese Suche sinnlos ist, weil er selbst das Collier gestohlen hat und nun argwöhnt, wir könnten ihm auf die Schliche kommen. Oder aber er befürchtet, wir könnten hier im Haus auf sonst irgendetwas stoßen, das ihn in Schwierigkeiten bringt.«
Bob brummte zustimmend. »Dann wäre es in der Tat logisch, dass er mit allen Mitteln versucht, uns gar nicht erst hier ankommen zu lassen.«

»Und es würde erklären, warum er uns so hartnäckig nachspioniert«, fügte Peter an. »Bob und ich haben ihn dabei beobachtet. Er will unbedingt wissen, was wir hier im Saal veranstalten.«

»Jetzt ist er allerdings aus irgendwelchen Gründen im Keller«, erklärte der dritte Detektiv. »Vom Bad aus habe ich ihn gerade unten poltern gehört.«

Nachdenklich verharrte Justus. »Dann muss er sofort nach meiner Ankunft runtergegangen sein, quasi fluchtartig. Vielleicht, um sich unliebsamen Fragen zu entziehen …«

»Gibt es da ein Problem bei euch?«, rief auf einmal Mrs Robertson vom Rand des Podests herüber. Sie wunderte sich offenbar, dass die Jungen so lange an einem Ort verharrten.

Der Erste Detektiv richtete sich rasch auf und winkte ab. »Nein, alles in Ordnung, Mrs Robertson. Wir …«

»Wir schreiben am Montag einen blöden Physiktest, deshalb nutzen wir die Zeit beim Suchen und fragen uns schon mal gegenseitig ab«, sprang Peter geistesgegenwärtig ein. »Wir üben immer zusammen.«

»Oh, verstehe.« Ihre Auftraggeberin lächelte mitleidig. »Physik war damals mein absolutes Horrorfach. Dann drücke ich euch für Montag natürlich fest die Daumen!«

»Herzlichen Dank!«, gab Justus freudig zurück und wandte sich dann deutlich leiser an Peter. »Guter Einfall, Kompliment. Für Schulstress hat so ziemlich jeder Verständnis und auf diese Weise werden die Robertsons nicht misstrauisch, wenn wir uns weiterhin miteinander unterhalten.«

»Danke für die Blumen«, erwiderte Peter erfreut. »Und wie gehen wir nun weiter vor?«

»Ganz einfach: Wir versehen den werten Mr Hayward offiziell mit einem neonfarbenen Fragezeichen und halten unseren Detektivradar auf ihn gerichtet, bis die Situation aufgeklärt ist. Erst dann sollten wir die Robertsons einweihen.«

»Einverstanden«, bekundete Bob dumpf aus dem Innern des Ungeheuers. »Wir bringen also die Arbeit hier zu Ende und stellen uns auf zwei Szenarien ein: Entweder bleibt unsere Suche erfolglos – dann setzen wir Hayward die Pistole auf die Brust und sagen ihm auf den Kopf zu, dass wir ihn für den Dieb des Colliers halten.«

»Oder die Halskette taucht doch wieder auf, weil Mrs Robertson sie tatsächlich hier verloren hat«, setzte der Zweite Detektiv den Gedanken fort. »In dem Fall müsste es also um etwas anderes gehen, von dem der Hausverwalter aus irgendeinem Grund fürchtet, dass wir es entdecken.«

Gedankenverloren ließ Justus seinen Blick von den künstlichen Schlingpflanzen, die das Podest schmückten, zu dem großen Saurier schweifen. »Genau genommen könnte es auch noch ein drittes Szenario geben.«

»Und welches?«, horchte Bob auf.

»Mir ist gerade eingefallen, dass ich kürzlich in den Nachrichten ein Foto mit einem Filmungeheuer gesehen habe, das mich stark an unseren Mokèlé-Riesen hier erinnert.«

Verwundert legte Peter den Kopf schief. »Äh … darf ich dich daran erinnern, dass Hollywood das Zentrum der amerikanischen Filmindustrie ist? Da sind Meldungen über irgendwelche Kinomonster doch nun wirklich nichts Besonderes.«

»Dessen bin ich mir durchaus bewusst«, gab Justus mit säuerlichem Unterton zurück. »Der Schwerpunkt des Beitrags lag aber nicht auf dem Ungetüm, sondern auf einem verstorbenen Schauspieler, der in dem betreffenden Film mitgewirkt hatte.« Grübelnd rieb er sich über die Nasenwurzel. »Und das Ganze hatte irgendeine düstere Hintergrundgeschichte. Zu dumm, dass ich nur mit halbem Ohr hingehört habe.«

»Hey, jetzt klingelt auch bei mir etwas!«, ertönte es aus dem Inneren der Kongo-Echse. »Wartet mal einen Moment …«

Während Peter und Justus eifrig weiter die Tropendekoration der riesigen Bühne absuchten, rief Bob leise in der Zeitungsredaktion der Los Angeles Post an. Jetzt kam ihm die gewaltige Größe des Stahlmonstrums zugute, denn angesichts der stark verwinkelten Hals-, Schwanz- und Beinröhren würden sich die Robertsons nicht wundern, dass sich die Inspektion länger hinzog.

Einige Augenblicke später erklang Bobs Stimme wieder aus dem Saurierbauch. »Kollegen – ich habe was rausgefunden! Der Name des verstorbenen Schauspielers lautet Francis Talbot. Und der Monsterstreifen, in dem er eine der Hauptrollen gespielt hat, hieß ›Insel der tausend Ungeheuer‹. Der Saurier, den du auf dem Foto gesehen hast, könnte also tatsächlich unser Riesenkumpel gewesen sein, in dem ich gerade herumkrieche.«

»Ausgezeichnete Arbeit, Dritter«, lobte der Erste Detektiv.

»Wurde ja auch höchste Zeit, dass ich doch noch mal zum Recherchieren komme.« Ächzend verlagerte Bob seine offenbar ziemlich unbequeme Position. »Die düstere Hintergrundgeschichte, die du meinst, Justus, sind Gerüchte über Talbots Verstrickungen mit der organisierten Kriminalität: Erpressung, Geldwäsche, Drogenhandel. Und das ist noch nicht alles. ›Insel der tausend Ungeheuer‹ ist nämlich nicht wegen der spektakulären Trick-Effekte in die Filmgeschichte eingegangen, sondern wegen des plötzlichen Verschwindens von Francis Talbot.«

Irritiert hielt Peter inne. »Talbot ist … *verschwunden*?«

»Genau. Kurz vor Ende der Dreharbeiten wurde bekannt, dass strafrechtliche Ermittlungen gegen ihn eingeleitet wurden. Doch bevor es zu einer Festnahme kommen konnte, tauchte Talbot unter.«

»Und er wurde nie geschnappt«, ergänzte Justus, der sich nun wieder an den Rest des Nachrichtenbeitrags erinnern konnte. »Nicht bis zu seinem Tod in der argentinischen Hauptstadt Buenos Aires vor ein paar Tagen.«

»Und jetzt ratet mal, wer bei ›Insel der tausend Ungeheuer‹ für die Koordination und Durchführung der Stunt-Szenen verantwortlich war«, forderte Bob seine Freunde auf.

»Wally Robertson«, hauchte Peter, »der anschließend auch von diesem Film ein paar Monster-Andenken mitgenommen hat, zum Beispiel Mister Mokèlé.« Er verengte die Augen, als er nun Justus anblickte. »Dann … meinst du mit deinem ›dritten Szenario‹, dass es hier bei unserer Suche in den Ungeheuern vielleicht gar nicht um eine Halskette geht? Sondern um irgendetwas, das mit diesem berüchtigten Gruselfilm und dem Gangster-Schauspieler Talbot in Verbindung steht?«

In Justus' Augen glomm ein altbekanntes Glitzern auf. »Sagen wir mal so: Die zeitliche Nähe zwischen Francis Talbots Tod und unserem Auftrag hier, zuzüglich der direkten Verbindung zwischen Mr Robertson und diesen Filmmonstern, bestärkt mich in dem Wagemut, diese Möglichkeit zumindest nicht kategorisch auszuschließen …«

Wenig später verkündete der dritte Detektiv lautstark, dass der Rumpf des Kongo-Sauriers ebenfalls halskettenfreie Zone war. Das stattdessen entdeckte Häufchen Vogelfedern – offensichtlich eine Hinterlassenschaft der Hauskatze – vermochte als Ersatz nicht wirklich zu überzeugen.
Mit neuer Energie wegen der unerwarteten Wendung in ihrem Fall arbeitete sich Bob, flankiert von Justus, Peter und dem Robertson-Paar, von Ungeheuer zu Ungeheuer durch den Krypto-Park.
Währenddessen erfuhr Justus nun auch von dem Vorfall mit dem unheimlichen Maskenmann.
»Echt verrückt …«, murmelte er leise. »Und darüber hinaus auch in hohem Maße unlogisch. Wenn dieser Typ sich tatsächlich nur hier oben herumtreibt, um die High Society zu ärgern, warum schmeißt er dann nicht einfach aus sicherer Entfernung ein Fenster ein, sondern legt sich wie auf einem Präsentierteller direkt vor die Eingangstür und schreit um Hilfe?«
»Menschen verhalten sich eben nicht immer logisch«, entgegnete Bob, der gerade das Innere eines leuchtend roten, reichlich eklig aussehenden mongolischen Todeswurms untersuchte.
»Außerdem hatte Hayward ja vielleicht recht mit seiner Vermutung, dass der Kerl schon einiges an Alkohol oder Drogen intus hatte«, ergänzte Peter.
Der Erste Detektiv horchte auf. »Soso – diese Vermutung

hat unser Mr Hayward geäußert?« In Justus' Stimme mischte sich nun sein gefürchteter Oberlehrertonfall. »Darf ich fragen, ob ihr schon in Erwägung gezogen habt, dass es sich dabei um nichts anderes als eine geschickte Ausrede gehandelt haben könnte?«
»Eine Ausrede?« Verdutzt musterte ihn Peter. Plötzlich spürte er Beunruhigung in sich aufsteigen und betastete mit fahrigen Bewegungen seine Hemd- und Hosentaschen.
Nun war es Justus, der verwirrt dreinschaute. »Was ... *machst* du da?«
»Ich kontrolliere, ob noch alles da ist, wo es sein sollte«, zischte der Zweite Detektiv gereizt. »Schließlich hat dieser Maskentyp mich heftig angerempelt. Vielleicht steckt Hayward mit dem ja wirklich unter einer Decke und das Ganze war ein geschickt getarnter Diebstahl!«
»Glaubt ihr ernsthaft, die beiden haben diesen irren Zwischenfall inszeniert, um an eine Schülergeldbörse oder ein Handy zu kommen?«, fragte Bob zweifelnd.
»Falls ja, haben sie's jedenfalls nicht geschafft«, vermeldete Peter erleichtert. »Alles noch da.« Mit nachdenklicher Miene hielt er inne. »Und wenn ich es recht bedenke – der Schreck in Haywards Gesicht wirkte auf mich absolut echt.«
Justus warf einen unauffälligen Blick Richtung Saaltür. »Dann gibt es also entweder doch keine Verbindung zwischen diesem Hausverwalter und dem Maskenmann oder er ist ein brillanter Schauspieler. Fakt ist, dass Hayward in diverse verdächtige Situationen verwickelt war.« Ein grimmiges Lächeln huschte über sein Gesicht. »Höchste Zeit, dass ich ihm mal einen kleinen Besuch abstatte ...«

Kurz darauf bat Bob um eine Pause, die Justus für den geplanten Abstecher nutzte. Mit dem Hinweis, er wolle sich die Hände waschen, verließ er den Monstersaal, durchquerte Flur und Halle und huschte unbemerkt nach draußen. Er hatte Glück. Durch ein nur halb zugezogenes Fenster in Haywards Wohntrakt erkannte er, dass der Hausverwalter sich wieder dorthin zurückgezogen hatte. Und noch etwas wurde unzweifelhaft deutlich: Die Nervosität, die Justus bereits an der Eingangstür vom Gesicht des Mannes abgelesen hatte, war noch um ein Vielfaches angewachsen. Dwight Hayward tigerte unablässig von einer Zimmerecke zur anderen, schüttelte dabei fortwährend den Kopf und flüsterte hektisch vor sich hin. Auf der Stirn des Mannes glitzerten Schweißperlen und sein gehetzter Blick streifte immer wieder das Telefon auf seinem Schreibtisch. Wartete er auf einen Anruf seiner Schwester? Oder auf eine Nachricht des Maskierten? Oder auf etwas völlig anderes?
Justus hätte gern noch die Auffahrt genauer in Augenschein genommen, um sich selbst ein Bild von den Spuren des Maskenmannvorfalls zu machen, aber er befürchtete, dass Hayward ihn bemerken würde. Außerdem musste er allmählich umkehren, wenn er die Robertsons nicht misstrauisch machen wollte. Also kehrte der Erste Detektiv in den Saal zurück, wo Bob gerade, assistiert von Peter, die Leiter für den nächsten Arbeitseinsatz erklimmen wollte. Justus gesellte sich hinzu und unterrichtete seine Freunde leise über die neuen Erkenntnisse.
Mit vereinten Kräften zwängte Bob nun seinen Oberkörper durch die Halsluke eines gut fünf Meter großen, braun-

schwarz bepelzten Mapinguari, das an ein urzeitliches Riesenfaultier erinnerte. Einer Legende der brasilianischen Cario-Indianer zufolge lebte dieser allesfressende Gigant in einer tiefen Höhle inmitten ihres Stammesgebiets.
Peter schüttelte ungläubig den Kopf. »Also, wenn ich einen elefantengroßen, menschenjagenden Fellberg als Nachbarn hätte, würde ich schnellstmöglich umziehen.«
»Na, in die Verlegenheit wirst du kaum kommen«, erwiderte Bob belustigt. »Schließlich steht ganz Südamerika schon offiziell auf deiner schwarzen Liste.«
Demonstrativ deutete der Zweite Detektiv auf den zotteligen Koloss. »Und das mit Recht!!«
Wenig später signalisierte Bob mit einem Kopfschütteln, dass die Suche weiterging.
Weil das künstliche Licht im Saal keinen Rückschluss auf die Tageszeit zuließ, warf Peter einen kurzen Blick auf seine Armbanduhr. Überrascht erkannte er, dass es bereits halb neun war. Mit erhobenem Handgelenk schaute er zu Justus, der sofort begriff und seinerseits auf die Uhr blickte. Zusammen gingen die drei Detektive zu ihren Gastgebern hinüber. Da Wally Robertson in der Zwischenzeit eingenickt war, richtete sich der Erste Detektiv mit gesenkter Stimme an Charmayne. »So leid es mir tut, aber ich fürchte, in Kürze müssen wir die Suche für heute abbrechen, sonst gibt es Ärger mit unseren Familienvorständen. Aber wir kommen morgen so früh wie möglich zurück, um Ihr Schmuckstück noch vor Eintreffen des Interessenten zu finden. Ist das okay für Sie?«
Mit betretener Miene ließ Mrs Robertson die Schultern hän-

gen. »Das ist wirklich bedauerlich. Ich hatte so sehr gehofft, dass ich das Collier heute wiederbekomme …«

»Wir verstehen ja Ihre Enttäuschung«, erwiderte Justus. »Aber irgendwann müssen wir eben nach Hause.«

Unschlüssig verharrte Charmayne. »Also … wenn das eine Honorarsache ist, können wir über alles reden, Jungs.«

Abwehrend schüttelte der Erste Detektiv den Kopf. »Nein, hier geht es nicht um Geld, Mrs Robertson. Wir haben schlicht und einfach einen langen Heimweg nach Rocky Beach und –«

Hier brach er ab, denn unvermittelt fasste sich Charmayne an eine Seitentasche ihres Sakkos. »Oh, der Vibrationsalarm meines Handys …« Mit einer entschuldigenden Handbewegung entfernte sie sich einige Schritte, um den Anruf entgegenzunehmen. So war es den Jungen unmöglich, Einzelheiten des Gesprächs aufzuschnappen.

Was nun passierte, war so unwirklich wie ein plötzlich einsetzender Fiebertraum. Mit einer kaum wahrnehmbaren Seitwärtsbewegung brachte Wally Robertson den Rollstuhl in eine Position, in der er seiner Ehefrau vollständig den Rücken zuwandte. Sein gesamter Körper blieb weiterhin absolut reglos, sodass es von Weitem so scheinen musste, als würde er noch schlafen. Tatsächlich jedoch hatte er die Augen weit aufgerissen und starrte die Jungen nun in blanker Panik an.

»Verschwindet von hier, so schnell ihr könnt!«, zischte er gepresst. »Flieht aus diesem Irrenhaus!«

Bestürzt beugte sich Justus zu dem alten Mann vor. »Mr Robertson, geht es Ihnen nicht gut?«

»Schaut mich um Himmels willen nicht an!«, fauchte der Hausherr. »Tut so, als würdet ihr euch unterhalten!«
Nach einem kurzen Augenblick der Fassungslosigkeit folgten die Detektive dieser unmissverständlichen Aufforderung. Während Justus mit einer betont spielerischen Bewegung ein längliches Farnblatt aus Peters Haaren zog, fragte er verunsichert: »Ich weiß ja nicht, um was es hier geht, Mr Robertson, aber sollten wir nicht besser Ihre Frau –«
»*Das ist nicht meine Frau – ich habe sie nie zuvor gesehen!*«

Die Fassade fällt

Aus Mr Robertsons Gesicht sprach jetzt das blanke Entsetzen. »Diese Wahnsinnige und ihre schrecklichen Männer haben uns überfallen! Der elende Hayward hat sich bestechen lassen – er macht mit denen gemeinsame Sache! Und meine Charmayne wird irgendwo tief in den Kellerräumen gefangen gehalten!«

Wie ein Axthieb bohrte sich diese unglaubliche Aussage in das Bewusstsein der erstarrten Jungen. Keiner der drei ??? war zu einer Reaktion fähig und selbst der stets so besonnene Justus zweifelte für eine Sekunde an seiner Wahrnehmung.

In diesem Moment war im Hintergrund zu hören, wie die angebliche Mrs Robertson mit einigen höflichen Floskeln das Ende des Telefonats anbahnte.

»Zu spät«, hauchte Mr Robertson niedergeschmettert. »Jetzt kommt ihr hier nicht mehr raus …« Er fixierte den Ersten Detektiv mit schneidendem Blick. »Hört mir genau zu: Ihr *müsst* das Ding noch heute Nacht finden, sonst tun sie meiner Frau etwas Furchtbares an! Und keine Polizei! Die haben irgendetwas an meinem Rollstuhl angebracht. Wenn auch nur ein einziger Polizist hier auftaucht, werden wir alle –«

Weiter kam er nicht, denn mit forschen Schritten kehrte nun die falsche Charmayne zurück und legte ihre Hände sanft auf Mr Robertsons Schultern, der seine Augen wieder geschlossen hatte. »Entschuldigt vielmals, aber den Anruf musste ich annehmen. Das war der Interessent – er wird morgen schon um sieben Uhr früh eintreffen.« Mit flehen-

dem Gesichtsausdruck hob sie die Arme. »Wäre es unter diesen Umständen nicht doch möglich, dass ihr noch etwas länger bleibt? Ich rufe auch gerne bei euch zu Hause an und sage Bescheid, dass es sich um einen echten Notfall handelt.«
Justus musste sämtliche Willenskraft aufbieten, um eine vernünftige Erwiderung zustande zu bringen. »Das ist in der Tat eine … gravierende Ausnahmesituation«, gab er stockend zurück. »Ein solch … besonderer Fall rechtfertigt … besondere Maßnahmen.« Wie in Zeitlupe kratzte er sich am Kopf. »Um auf Nummer sicher zu gehen, schlage ich eine kleine Notlüge vor. Wir sagen einfach, dass … unser Schulfreund Lester uns kurzfristig zu einem … Barbecue mit anschließender Übernachtung eingeladen hat. Damit … müssten wir eigentlich durchkommen, stimmt's?« Er blickte seine verstummten Freunde durchdringend an.
Peter fühlte sich zu keiner Antwort fähig, deshalb stupste er mit seiner Fußspitze Bobs Ferse an und reckte auffordernd sein Kinn vor.
Der dritte Detektiv schluckte, dann gab er sich einen Ruck. »Oh, äh … da hast du sicherlich recht, Just. So machen wir's.«
»Großartig, wunderbar!« Die falsche Charmayne klatschte vor Freude in die Hände und küsste Mr Robertson auf den Nacken. »Das werden wir euch nie vergessen, ihr Lieben!«
Zögernd zog Justus sein Handy aus der Hosentasche. »Tja, dann … sollten wir jetzt ein paar Telefonate tätigen.«
Als die Jungen bei sich zu Hause anriefen, wagte keiner von ihnen, einen verschlüsselten Hilferuf oder sonst eine versteckte Botschaft abzusetzen. Zu stark hallten Mr Robert-

sons furchtbare Worte in ihnen nach. Zu groß war das Risiko, dass ihm und der echten Charmayne etwas angetan wurde, falls plötzlich Rettung eintraf. Nicht zu vergessen, dass auch das Leben der drei Detektive auf dem Spiel stand, wenn die Geiselnehmerin oder einer der mysteriösen Männer im Hintergrund plötzlich durchdrehte.

Wie erwartet verliefen alle drei Anrufe erfolgreich – sowohl Justus als auch Peter und Bob bekamen die auswärtige Übernachtung genehmigt.

Bei der daraufhin fortgesetzten, ungleich angespannteren Suche pulsierte in den Köpfen der Jungen ununterbrochen die eine bestürzende Erkenntnis: Falsch. *Alles* falsch …

Als wäre ein unsichtbarer Schalter betätigt worden, hatte sich von einem Moment zum anderen die gesamte Situation grundlegend verändert. Zwar war es derselbe Saal mit denselben Podesten, denselben Ungeheuern und denselben Menschen, und doch war nichts mehr so wie zuvor. Wie in einer Endlosschleife liefen in Peters Erinnerung die Geschehnisse der letzten Stunden ab, die er nun in völlig neuem, verstörendem Licht sah. Plötzlich ergaben alle Auffälligkeiten in Mr Robertsons Verhalten auf grässliche Weise Sinn. Der Mann war nicht so auffallend distanziert und wortkarg, weil das nun mal in seiner Natur lag oder er sich von einigen seiner Sammlerstücke trennen musste, sondern weil er und seine Frau gefangen gehalten wurden! Von Irren! Und ohne es zu wissen, waren auch die drei Detektive schon die ganze Zeit über in deren Gewalt.

Mit blassem Gesicht und fahrigen Händen begann Bob mit der Untersuchung eines mammutartigen, jedoch felllosen

Riesenelefanten. Für Namen, Lebensraum und Geschichte des Wesens hatte der dritte Detektiv allerdings keinen Sinn mehr. Bis eben noch waren sie von einer farbenfrohen Seifenblase aus Täuschungen und Lügen umgeben gewesen. Aber diese Blase hatte Mr Robertson brutal zum Platzen gebracht und nun standen sie der eiskalten Wahrheit gegenüber: Hier handelte es sich nicht mehr um einen normalen Auftrag – hier ging es um Kopf und Kragen! Bob *musste* erfolgreich sein, andernfalls … Nein, er durfte diesen furchtbaren Gedanken nicht weiterverfolgen, sonst würde er noch durchdrehen.

Während der dritte Detektiv fieberhaft weitersuchte, durchkämmten Justus und Peter die künstlichen Büsche und Sträucher auf dem Podest. Da die falsche Charmayne wie immer unten an der Seite von Mr Robertson verblieb, konnten die Jungen unauffällig miteinander flüstern.

»Ich kann das nicht fassen«, bekannte Peter. »Diese Hexe hat uns die ganze Zeit etwas vorgemacht!«

Der Erste Detektiv nickte betroffen. »All ihre kleinen Gesten, die Küsschen und Liebkosungen waren in Wirklichkeit Drohgebärden, damit Mr Robertson es bloß nicht wagt, das Schauspiel auffliegen zu lassen.«

»Und die Zeitschaltuhr hat sie nicht vergessen, weil sie so aufgeregt war, sondern weil sie den Saal erst seit heute kennt«, folgerte der dritte Detektiv.

»Genau.« Peter strich sich über die pochende Stirn. »Und mit der Katze war's dasselbe. Die Gangsterbraut konnte uns gar nicht vorwarnen, weil sie nicht wusste, dass es überhaupt eine Katze gibt. Die heißt auch garantiert nicht Lilly.«

»Die Infos zu dem Ogo-Viech sind vermutlich die einzigen, die sie rasch auswendig gelernt hat, um einen glaubwürdigen Start in den Saal hinzubekommen«, fügte Bob an.
»Die bettlägerige Mutter gibt's mit Sicherheit auch nicht«, ergänzte Peter grimmig. »Die hat sie erfunden, damit wir nicht misstrauisch werden, wenn wir im Haus Geräusche hören.«
»Was ja auch passiert ist.« Bob leuchtete mittlerweile zum vierten Mal das Innere des Urzeitelefanten ab, um Zeit zum Reden zu gewinnen. »Aber diese Laute stammten nicht von einer alten, kranken Frau, sondern von den Komplizen dieser blonden Schlange.«
»Apropos Komplizen …« Irritiert verharrte Peter. »Wieso hält man Mr Robertson eigentlich nicht wie seine Frau in einem der anderen Räume gefangen? Diese falsche Charmayne hätte uns doch auch allein empfangen können. Stattdessen ist er die ganze Zeit hier mit seiner Aufpasserin im Saal – warum geht die Bande dieses Risiko ein?«
»Da wirfst du eine ausgesprochen gute Frage auf«, stellte der Erste Detektiv mit krauser Stirn fest. Trotz der schrecklichen Situation spürte er eine gewisse Erleichterung darüber, dass die drei ??? ihr logisches Denkvermögen nicht verloren hatten. »Über die Veranlassung für dieses sonderbare Verhalten können wir derzeit nur spekulieren. Aber aus irgendeinem Grund scheint die Anwesenheit von Wally Robertson unerlässlich zu sein. Möglicherweise, weil nur er das Objekt unserer Suche zweifelsfrei identifizieren kann.«
Bob stutzte. »Dann … bist du inzwischen überzeugt davon, dass es hier um kein Smaragd-Collier geht?«

»Ja, daran besteht für mich kein Zweifel mehr. Diese Frau ist nicht Charmayne Robertson und sie hat hier weder eine Putzaktion durchgeführt noch eine Halskette verloren. Das alles war eine einzige große Lüge, um uns auf die Suche nach dem tatsächlichen Gegenstand zu schicken. Und der muss für diese Bande weit wertvoller sein als irgendein Collier.«
»Also hat das Ganze vielleicht tatsächlich irgendwie mit diesem Talbot zu tun«, folgerte Peter. »Was auch immer es ist, wir *müssen* es finden – vorher lässt man uns hier nicht raus.«
»An eine Flucht ist in der Tat nicht zu denken«, bestätigte Justus. »Wir dürfen Wally Robertson und seine Frau nicht ihrem Schicksal überlassen.«
Der Zweite Detektiv erhob sich aus dem Gebüsch und sah zur falschen Charmayne hinüber, die ihm prompt fröhlich zuwinkte. Das strahlende Zahnpastalächeln der Blondine blendete geradezu. Halbherzig erwiderte Peter den Gruß.
»Ob sie uns wirklich gehen lässt, wenn wir's geschafft haben?«, wandte er sich dann leise an Justus.
»Sofern sie keinen Verdacht schöpft, dürfte aus ihrer Sicht nichts dagegensprechen. Wir hätten ja unseren Zweck erfüllt und wären ab dann nur noch unnötige Risikofaktoren im Haus. Sobald wir hier raus sind, organisieren wir Hilfe. Und bis dahin müssen wir uns, so gut es geht, zusammenreißen.« Er blickte seine Freunde ernst an. »Ich weiß, wie schwer das in der jetzigen Lage ist, aber wir müssen uns so normal wie nur irgend möglich verhalten. Wenn wir drei jetzt plötzlich mit Beerdigungsmienen rumlaufen, riecht die falsche Charmayne garantiert Lunte.«
»Okay, dann knipsen wir unsere Fröhlichkeit mal wieder

an.« Vorsichtig kletterte Bob aus der Wartungsluke und brachte tatsächlich ein mattes Lächeln zustande.
Entschlossen lächelte Justus zurück. »Wir schaffen das, Kollegen!«
Das nächste Untier stellte eine besondere Herausforderung dar. Das lag diesmal jedoch nicht an der Größe, die mit etwa eineinhalb Metern recht gering ausfiel, sondern an der Position. Das Wesen kauerte nämlich in knapp fünf Metern Höhe auf dem höchsten Ast einer knorrigen, geisterhaft kahlen Baum-Attrappe.
Mit zurückgelegtem Kopf und verengten Augen blickte Peter nach oben. »Also, wenn es einen Preis für das grottenhässlichste Krypto-Tier gäbe, dann wäre das Viech da oben ein Topfavorit.« Für einen kurzen Moment war er selbst überrascht, wie locker ihm dieser Satz über die Lippen gegangen war. Justus' kleine Ermutigungsrede schien tatsächlich zu wirken.
Der sogenannte Jersey Devil, der seinen Namen dem amerikanischen Bundesstaat New Jersey verdankte, wo er seit Jahrhunderten immer wieder gesichtet wurde, besaß wahrhaftig ein überaus groteskes Aussehen. Die Kreatur hatte einen hundeähnlichen Körper mit braunschwarzem Fell, peitschenartigem Schwanz und zwei auffallend kurzen Armen mit Krallenpfoten. Die deutlich längeren, erstaunlich dürren Beine mündeten dagegen in Hufen. Das Bizarrste jedoch war der verzerrte pferdeartige Kopf mit feuerroten Augen und zwei geschwungenen Hörnern an den Schläfen. Die Frage, wie ein auf Hufen gehendes Geschöpf die Spitze eines Baumes erreichen konnte, erübrigte sich beim Blick auf die

ledrigen, fledermausähnlichen Flügel, die den verrückten Gesamteindruck komplett machten.
Das Hauptproblem war, dass die Klappleiter nicht bis zu dem Jersey Devil hinaufreichte. Zwar besaßen einige der bisherigen Ungeheuer eine ähnliche Höhe wie der Metallbaum, jedoch hatte Bob dort ja lediglich die deutlich niedriger platzierten Wartungsluken erreichen müssen. Hier jedoch würde dem dritten Detektiv nichts anderes übrig bleiben, als von der Spitze der Leiter aus am Stamm nach oben zu klettern. Unter normalen Umständen hätte er sich bei Mrs Robertson erkundigt, wie sie das Kunststück fertiggebracht hatte, samt Eimer und Reinigungsutensilien dort hinaufzukraxeln. Aber Mrs Robertson war nicht Mrs Robertson. Die gesamte Putzgeschichte war ebenso gelogen wie alles andere und die falsche Charmayne durfte auf keinen Fall bemerken, dass die Jungen das wussten. Der Blick der Blondine machte jedenfalls unmissverständlich klar, dass sie von Bob erwartete, auch den Jersey Devil zu untersuchen.
»Soll ich nicht diesmal übernehmen?«, fragte Peter mit skeptischem Blick nach oben.
Doch Bob winkte ab. »Nein, mit deiner Muskelkraft bist du bei der Absicherung besser aufgehoben. Außerdem muss der Baum bei mir weniger Gewicht aushalten.«
»Ohne eingehende Überprüfung lassen wir dich da aber auf keinen Fall rauf«, bestimmte Justus und testete zunächst mit einigen Rüttelbewegungen die Belastbarkeit des Stamms. Zufrieden stellte er fest, dass die Konstruktion dank eines flachen Metallfußes, der die gesamte Fläche des Podestes einnahm, ausreichend stabil war. Nun hob er einen künstli-

chen Stein auf und band ihn ans eine Ende des Sicherungskabels. Dann reichte er es dem Zweiten Detektiv. »Du als unser bester Werfer darfst nun deine Fähigkeiten unter Beweis stellen und das Kabel über den höchsten Ast befördern. Wegen des angebrachten Gewichts können wir es dann problemlos heruntersinken lassen.«
Bob nickte. »Anschließend befestige ich es an meinem Gürtel und du hältst zusammen mit Peter am anderen Ende das Seil auf Spannung.« Er seufzte leise. »Besser eine provisorische Sicherung als gar keine …«
Tatsächlich gelang es Peter bereits mit dem zweiten Wurf, das Kabel über den angepeilten Ast zu schleudern. Wenige Augenblicke später stand Bob auf der Spitze der Leiter und begann mit dem Anstieg, der sich in dem dichten Geäst glücklicherweise recht einfach gestaltete. Am Ziel angekommen, wählte er eine Position – sitzend auf dem zweithöchsten Ast –, von der aus er in gestreckter Haltung so gerade eben in die kleine Luke am Rumpf des Jersey Devil schauen konnte. Bis ganz nach oben wollte er nicht klettern, denn falls er dort abrutschte und dummerweise auf der falschen Seite hinunterstürzte, war das Sicherungskabel so nützlich wie eine zweite Unterhose.
Zunächst atmete Bob mehrmals tief ein und aus, um seinen Puls wieder zu beruhigen. Das gelang ihm jedoch eher schlecht als recht. Er wusste nur allzu gut, dass nicht allein die Höhe für seine starke Nervosität verantwortlich war. Die gesamte Situation setzte ihm weit mehr zu, als ihm unten bei seinen Freuden bewusst gewesen war. Hier oben prasselten die Fragen nun wie ein eisiger Hagelsturm auf ihn ein. Wer

waren die unsichtbaren Männer, die direkt über ihm und vermutlich auch unten im Keller bei der gefangenen Mrs Robertson waren? Wie viele von ihnen befanden sich im Haus? Und was würden sie tun, wenn Bob erfolglos blieb?
Mehrfach ballte der dritte Detektiv seine Hände fest zu Fäusten, um das elende Zittern zu vertreiben, doch vergebens. Er bekam das Vibrieren in seinen Fingern einfach nicht weg. Es half alles nichts – er musste die Untersuchung trotz seines angeschlagenen Zustands durchführen.
Erst jetzt aus der Nähe erkannte er, dass der vergleichsweise kleine Jersey Devil im Unterschied zu den bisherigen Großtieren nicht aus Metall, sondern aus mehreren Kunststoff-Segmenten bestand. Ein erster Blick in die geöffnete Wartungsluke offenbarte, dass die Kreatur über ein erstaunlich komplexes Getriebe verfügte, mit dem sowohl die Arme als auch die Flügel in Bewegung versetzt werden konnten. Wie befürchtet befand sich ansonsten jedoch nichts im Innenraum, was dort nicht hineingehörte.
»Die ganze Plackerei umsonst …«, knurrte der dritte Detektiv, während er die Klappe wieder verschloss.
Dann geschah es. Beim Versuch, seine Haltung seitlich zu verlagern, um seinen linken Fuß auf den nächsttieferen Ast zu setzen, verlor Bob plötzlich das Gleichgewicht und rutschte ab. Reflexhaft griff er nach oben und erwischte eines der Hörner der Kreatur – das sich, statt ihm Halt zu bieten, augenblicklich aus seinem Steckverschluss löste. Mit einem verzweifelten Keuchen und wild zuckenden Armen fiel Bob rücklings in die Tiefe.
»Oh nein!«, hörte er unter sich die falsche Charmayne auf-

schreien, doch dann war sein kurzer Sturz auch schon wieder beendet, denn noch in derselben Sekunde fingen Peter und Justus ihn mit dem Sicherungskabel ab.
»Keine Angst, wir halten dich!«, rief der Erste Detektiv unter höchster Anspannung.
Tatsächlich gelang es Bob dank der tatkräftigen Hilfe seiner Freunde, im dichten Geäst wieder Fuß zu fassen und zur Leiter hinabzuklettern. Wegen seiner schweißnassen, wie Espenlaub zitternden Hände dauerte es jedoch eine gefühlte Ewigkeit, bis er endlich wieder festen Boden erreichte. Schnaufend ließ er sich auf die Knie sinken.
»Mensch, was machst du denn für Sachen?«, fragte Justus, gleichfalls völlig außer Atem, und klopfte ihm erleichtert auf den Rücken.
»Ist dir auch wirklich nichts passiert?«, fragte die Frau mit besorgter Miene, verblieb jedoch bewegungslos direkt neben Wally Robertson, der gleichfalls beunruhigt zu den Jungen hinüberblickte.
»Nein, nein – alles okay«, entgegnete Bob mit kratziger Stimme. »Zum Glück konnte ich mich auf die besten Strippenzieher der Welt verlassen.«
Peter knuffte ihn mit dem Bein an. »Nur weil du auf einem Monsterbaum rumkletterst, heißt das noch lange nicht, dass du uns einen Mordsschrecken einjagen musst.«
»Ich werd's mir merken.« Zögernd hob er das abgerissene Horn, das er während des Abstiegs in den Kragen seines Hemds gestopft hatte, wie eine erbeutete Trophäe in die Höhe. »Zumindest habe ich was Schönes von da oben mitgebracht. Zwar keine kostbare Halskette, aber immerhin den

Kopfschmuck einer echten Krypto-Legende.« Ächzend richtete er sich wieder auf und stieg zusammen mit seinen Freunden von dem Podest herunter.
Mit skeptischer Miene blickte Peter zur Spitze des Metallbaums hinauf. »Das Wiederdranschrauben sollten wir aber erst mal verschie–« Er stockte und kniff die Augen zusammen. »Äh … Mrs Robertson … haben Sie die Bewegungsautomatik für den Saal wirklich komplett abgeschaltet?«
»Ja, natürlich«, erwiderte sie verdutzt. »Warum fragst du?«
Mit immer größer werdenden Augen starrte der Zweite Detektiv an seinen Freunden vorbei nach rechts. »Weil … der zähnefletschende Yeti da vorne *auf uns zu rennt!*«

Flucht in der Finsternis

Noch während alle Köpfe herumwirbelten, brach urplötzlich das absolute Chaos aus. Mit einem lauten Knacken startete die Automatikschaltung des Saals auf höchster Stufe, sodass überall im Blickfeld der entgeisterten Gruppe die Monsterhorden in Bewegung gerieten. Nur einen Sekundenbruchteil später erloschen wellenartig nacheinander sämtliche Lampen im Raum! Das Letzte, was der dritte Detektiv vor dem Hereinbrechen der Dunkelheit wahrnahm, war das heftige Flügelschlagen des Jersey Devil hoch über ihm und die weit vorgestreckten Pranken des Yeti, der direkt auf ihn zukam.
»Das ist keine Maschine!«, rief Justus entsetzt. »Lauf weg, Bob – er hat's auf dich abgesehen! Benutz deine Taschenlampe!«
Nun senkte sich endgültig tintenschwarze Finsternis über den tosenden Zoo der Ungeheuer.
»WAS SOLL DENN DIESER WAHNSINN?«, schrie der dritte Detektiv gegen das ohrenbetäubende metallische Rumoren an und rannte los, ohne ernsthaft eine Antwort zu erwarten. Wenn Justus recht hatte, musste er so schnell wie möglich hier weg, um nicht von dem grausigen Schneemenschen erwischt zu werden! Er schaltete seine Taschenlampe ein und stürmte zunächst zum Podest des Riesenelefanten zurück, wo er nach rechts abbog. Dann richtete er den Lichtkegel nach vorne auf den schmalen Gang, an dessen Seiten riesige Schatten hin und her schwankten. Entsetzt vernahm er hinter sich wuchtige Schritte und ein tiefes, gurgelndes

Knurren. Die Bestie war ihm also immer noch auf den Fersen! Ohne sich umzudrehen, rannte Bob weiter. Trotz aller Furcht zwang er sich zu der Einsicht, dass ihn kein zum Leben erwachtes Monstrum verfolgte, sondern ein kostümierter Mann. Doch dieser Gedanke war weder tröstlich noch hilfreich, denn der Kerl war fast zwei Köpfe größer als er und jagte wie ein Irrer mit Zottelfell hinter ihm her.
Gang für Gang hastete der dritte Detektiv vorwärts, sein instinktives Ziel war die Tür. Aber was dann? Das gesamte Haus steckte voller Gangster! Oben, unten, überall! Verzweifelt stieß Bob einen heiseren Fluch aus. Was hatte er denn für eine Wahl?? Er konnte in diesem Höllenlabyrinth ja nicht ewig weiter Slalom um die Bestien laufen und hoffen, dass dem rasenden Yeti irgendwann die Luft ausging. Zumal Bob von seinen Freunden keinerlei Hilfe erwarten konnte. Wie aufs Stichwort glaubte er nun in der Ferne einen schrillen Ausruf von Justus wahrzunehmen, konnte jedoch bei all dem Rattern um sich herum nichts davon verstehen.
Jetzt erreichte Bob das Podest des kanadischen Sagenwolfs. Als er ihn hinter sich gelassen hatte, erhielt er ungewollt die Antwort auf eine Frage, die er sich bis jetzt noch gar nicht gestellt hatte: Wie war es dem Schneemenschen möglich, ihn trotz dieser Finsternis mit solch hoher Geschwindigkeit zu verfolgen? Die Erklärung war ebenso banal wie beunruhigend. Der Yeti musste ebenfalls eine, sogar deutlich stärkere Lampe bei sich haben, denn immer wieder zuckte nun von hinten ein gleißend weißer Lichtstrahl zwischen Bobs Beinen hindurch. Und die Schritte seines Verfolgers wurden lauter und lauter. Er holte auf. Unaufhaltsam …

In der Zwischenzeit hatte sich Peter mit den Händen am Rand des Baumpodests entlang zu Justus vorgetastet.
»Was sollen wir denn jetzt machen?«, keuchte er aufgelöst. »Wir müssen Bob doch irgendwie helfen!«
Der Erste Detektiv stieß einen frustrierten Laut aus. »Ich bin für jeden konstruktiven Vorschlag dankbar, Zweiter. Angesichts unserer jetzigen Lage in einem stockdunklen, flugzeughangargroßen Saal voller sich bewegender Metall-Ungetüme sehe ich im wahrsten Sinne des Wortes schwarz …«
»Ist das dein Ernst?«, entfuhr es Peter. »*Du* bist doch das Superhirn – jetzt mach was draus!« Doch Justus brachte ihn mit einem ruckhaften Zerren am Ärmel zum Schweigen.
Angespannt lauschten die Jungen in die dröhnende Schwärze, aber weder von der falschen Charmayne noch von ihrer Geisel war das Geringste zu hören.
»Mrs Robertson? Mr Robertson?«, fragte Justus schließlich mit fester Stimme, erhielt jedoch keine Antwort.
Verwirrt wandte Peter den Kopf in alle Richtungen, doch das durchdringende Rasseln und Scheppern der Monstermaschinen machte es unmöglich, Einzelgeräusche wie Schritte oder das Quietschen eines Rollstuhls herauszufiltern.
»Glaubst du, die beiden … sind weg?«
Nervös wischte sich Justus über das Gesicht. »Ohne Lampe scheint mir das kaum möglich zu sein.«
»Aber warum melden sie sich dann nicht?«
»Ich habe keine Ahnung«, bekannte der Erste Detektiv. »Der ganze Vorfall hier ergibt überhaupt keinen Sinn! Und genau darum dürfen wir jetzt nichts Übereiltes tun. Unter keinen Umständen dürfen wir das Leben der Gefangenen aufs Spiel

setzen.« Schaudernd dachte er an Wally Robertsons Aussage, sein Rollstuhl sei mit irgendetwas präpariert worden. Justus hoffte inständig, dass in dem Chaos, das hier aus heiterem Himmel ausgebrochen war, niemand eine Kurzschlusshandlung beging und den falschen Knopf drückte. Plötzlich stockte er. Ausgebrochen? Nein, dieses Chaos war nicht einfach so ausgebrochen – es war gezielt ausgelöst worden.

»Ich kapier das alles nicht!«, schnaubte Peter mit einer Mischung aus Entsetzen und Wut.

»Auch ich kann mir auf das Ganze noch keinen Reim machen«, bekannte Justus. »Einzig klar ist, dass in dem Yeti-Kostüm ein ziemlich großer Mann steckt. Weiterhin steht fest, dass dieser Mister X mindestens einen Komplizen haben muss, der auf ein Kommando hin die Saalschaltung an- und die Beleuchtung ausgeschaltet hat. Und nach logischer Schlussfolgerung können beide unmöglich zur Bande der falschen Charmayne gehören. Denn mit dieser Aktion sabotieren sie ja die gesamte ›Harmloses-Ehepaar-vermisst-Halskette‹-Show, die hier für uns aufgeführt wird.«

»Und … was bedeutet das jetzt?«

»Das bedeutet, dass neben uns und den Geiselnehmern noch zwei weitere Figuren aufs Spielfeld gekommen sind.« Justus starrte betroffen ins schwarze Nichts hinein. »Und wir sind bei dieser Partie definitiv nicht am Gewinnen …«

In seiner Panik und wegen der schlechten Sicht hatte Bob bereits mehrfach die falsche Richtung eingeschlagen und sich dadurch wieder von der Saaltür entfernt, statt ihr näher zu kommen. Gleichzeitig holte der Yeti unerbittlich auf.

Endlich sah Bob die Silhouette des Terrorvogels in der Dunkelheit vor sich aufragen. Mit grimmigem Schnaufen spornte er sich zu einer letzten Tempoverschärfung an, ließ den auf und ab wippenden Phorusrhacos links liegen und stürmte am grollenden Ogopogo vorbei auf die Tür zu. Ursprünglich hatte er vorgehabt, beim Verlassen des Raums noch schnell den Schalter für das Licht zu bedienen, doch dafür blieb ihm keine Zeit. Das wütende Röcheln seines Jägers klang inzwischen so nah, als sei er kaum mehr als eine Armeslänge hinter ihm. Erst jetzt bemerkte Bob, dass er mit der linken Hand immer noch das dämliche Horn des Jersey Devil umklammert hielt. In der Hoffnung, damit vielleicht einen Treffer am Kopf seines Verfolgers zu landen, schleuderte er es kraftvoll hinter sich. Dann riss er die große Saaltür auf und schlug sie im Rausrennen sofort wieder zu. Dem dabei entstehenden Knall folgte unmittelbar danach ein lautes Krachen. Der Yeti hatte offensichtlich nicht mehr abbremsen können und war mit Volldampf gegen das plötzlich auftauchende Hindernis gerannt. Wenn Bob Glück hatte, könnte er jetzt vielleicht einen kleinen Vorsprung herausholen.
Auch im Flur herrschte tiefste Finsternis, doch das konnte durchaus von Vorteil sein, wenn Bob sich gleich irgendwo verstecken musste. Er erreichte die Eingangshalle. Da es eine Neumondnacht war, fiel nicht der geringste Lichtschimmer durch das große Deckenfenster. Irritiert lauschte er nach hinten. Offenbar war sein Verfolger wirklich heftig gestürzt, denn die Saaltür hatte sich noch nicht wieder geöffnet. Trotzdem blieb dem dritten Detektiv sicherlich nur eine

Galgenfrist von wenigen Sekunden. Fieberhaft wirbelte er mit dem Lichtkegel seiner Taschenlampe hin und her, dann rannte Bob um die mächtige Wendeltreppe herum, machte einen Hechtsprung und presste sich unter der ersten Stufe flach auf den Boden. Rasch knipste er die Taschenlampe aus und hielt den Atem an.

Zu seinem Entsetzen kam das erste Geräusch, das er nun wahrnahm, jedoch nicht aus Richtung Flur, sondern von *oben*. Hastige Schritte polterten die Treppe herunter, gleichzeitig hörte Bob von rechts das Quietschen einer Tür. Ein mattgelber Lichtsee quoll über die dicken Teppiche und ein unheimliches, zischelndes Flüstern erklang.

Dann verstummten die Schritte direkt über ihm. Ein leises Piepen, dann wieder Geflüster, diesmal von oben. Anschließend entfernten sich die Schritte in Richtung obere Etage und die Tür schloss sich wieder. Erneut hüllte gestaltlose Schwärze den Jungen ein. Seine Gedanken rasten auf Hochtouren. Was geschah hier denn nur?!

In dieser Sekunde brach Bobs eigentliches Problem mit einem lauten Krachen der Saaltür wieder in die Wirklichkeit herein. Der kehlige Wutschrei, der die Stille zerriss, ließ Bob das Blut in den Adern gefrieren. Nur Augenblicke später durchschnitt ein heller Lichtkegel die Dunkelheit. Mit stampfenden Schritten rannte der Yeti an der Treppe vorbei auf das Eingangsportal zu, das irritierenderweise plötzlich halb offen stand.

Was jetzt passierte, ließ den dritten Detektiv endgültig an seinem Verstand zweifeln. Der Schneemensch blieb nämlich abrupt stehen und richtete den Strahl seiner Taschenlampe

auf den großen Garderobenschrank. Im selben Moment öffnete sich dessen linke Tür und eine schlaksige Gestalt mit einer grässlich grinsenden Clownsmaske stieg heraus.
»Und? Hast du's?«, fragte der Mann, so als sei dies die normalste Situation der Welt.
»Von wegen!«, zischte der Yeti. »Nur das Ding hier hat die kleine Kröte gerade weggeworfen!« Er reichte dem Mann das abgebrochene Horn des Jersey Devil.
»Dann schnapp dir den Typen endlich und nimm's ihm ab!«, erklang nun von draußen eine dritte Stimme. »Da ist er!«
Mit schreckgeweiteten Augen erkannte Bob im Licht der Yeti-Lampe einen bulligen Mann mit Kapuzenpullover, dessen Gesicht hinter einer schneeweißen Puppenmaske verborgen war. Geschmeidig trat er durch den Türspalt in den Flur hinein und richtete den Strahl seiner eigenen Taschenlampe direkt auf Bobs Versteck!

In den Fängen der Bestie

Der dritte Detektiv hatte nicht die geringste Chance. Noch ehe er sich unter der Treppenstufe hervorgerollt hatte, war der Yeti bei ihm, packte ihn am Kragen und riss ihn mit unglaublicher Kraft in die Höhe. Die zwei anderen Gestalten verharrten zu beiden Seiten der Eingangstür.

»Rück's raus, du kleine Ratte!«, fuhr ihn der Schneemensch wutentbrannt an. »Gib mir das verdammte Band oder ich breche dir jede Gräte einzeln!«

Völlig verwirrt und geschockt brachte Bob kein einziges Wort heraus.

Dies befeuerte die Wut des Goliaths noch zusätzlich. »Bist du taub oder hast du Sehnsucht nach dem Krankenhaus?!« Er schüttelte den Jungen so heftig, dass Bob Hören und Sehen verging.

Endlich fand der dritte Detektiv seine Sprache wieder. »Ich schwöre Ihnen, ich habe keine Ahnung, wovon Sie –«

Weiter kam er nicht, denn in diesem Augenblick ertönte aus Richtung des großen Saals ein lautes Scheppern und anschließend das Rufen aufgeregter Stimmen.

»Verflucht!«, entfuhr es dem Yeti, während sein Kopf herumwirbelte. Er ließ Bob fallen wie einen lästigen kleinen Straßenköter und flüchtete mit seinen beiden Komplizen nach draußen.

Wenige Sekunden später flammten sämtliche Lampen im Flur auf, sodass der auf dem Boden kauernde Bob sich geblendet die Hand vor die Augen halten musste.

Mehrere Personen kamen den Gang herunter, eine davon im Rollstuhl. Peter war als Erster bei ihm. »Bob! Ist dir was passiert?« In höchster Sorge kniete sich der Zweite Detektiv zu seinem Freund hinunter.
Bob schüttelte den Kopf. »Nein … Aber der Yeti hat mich ordentlich durchgeschüttelt. Ein höchst unangenehmer Zeitgenosse.«
Von draußen war das Aufheulen eines Motors zu hören, anschließend knirschten die Reifen eines sich entfernenden Autos auf dem Kies.
Der dritte Detektiv schnaufte wütend. »Die drei Typen sind weg …«
Überrascht blickte Peter ihn an. »Drei? Wieso –«
»Jetzt nicht«, wehrte Bob ab. »Die falsche Charmayne muss das nicht mitbekommen. Wieso habt ihr eigentlich so lange gebraucht?«
Verärgert winkte Peter ab. »Just und mir ist erst nach einer ganzen Weile klar geworden, dass unsere Handy-Displays genug Helligkeit abstrahlen, um damit zum Lichtschalter zurückzufinden. Und draufgekommen sind wir auch nur, weil wir plötzlich das Mobiltelefon der falschen Mrs Robertson aufleuchten sahen.« Seine letzten Worte flüsterte er, weil das nachkommende Trio jetzt schon sehr nahe war. »Wir konnten nicht verstehen, was sie sagte, weil sie zu weit weg stand, aber ihr Gesicht war vor Aufregung völlig verzerrt. Was auch immer hier gerade passiert ist – sie und ihre Leute sind davon genauso überrascht worden wie wir!«
Nun traf auch der Erste Detektiv, der absichtlich an der Seite der Geisel geblieben war, zusammen mit den beiden Er-

wachsenen ein. Gleichzeitig kam Mr Hayward angelaufen und wurde von der falschen Charmayne barsch angewiesen, draußen nachzusehen, ob irgendwelche Fremden auf dem Grundstück seien.

»Diese widerlichen Paparazzi! Das ist doch das Allerletzte!«, rief sie empört.

»Paparazzi?«, fragte Bob verwirrt.

»Aber ja!«, bekräftigte die Blondine. »Dieses Pack versucht schon seit Jahrzehnten, Privatfotos von uns und dem Monstersaal zu machen. Ich habe ganz deutlich die Kamera erkannt, die der Yeti in seiner rechten Hand hatte!«

Dies war ebenso eine Lüge wie alles andere. Bob hatte den Yeti genauestens gesehen und seine Hände ja sogar am eigenen Leib gespürt. Die einzigen Gegenstände, die der Schneemensch bei sich getragen hatte, waren das Horn des Jersey Devil und die Taschenlampe gewesen.

Auch Justus wusste natürlich, dass der angreifende Kostümierte nie und nimmer ein Fotograf gewesen war, aber in gewisser Weise zollte er dieser Verbrecherin sogar Respekt. Sie improvisierte blitzschnell und eiskalt, ohne verräterische Emotionen preiszugeben.

»Diese Mistkerle müssen das minutiös geplant haben«, fuhr sie leidenschaftlich fort. »Einer hat sich verkleidet im Saal versteckt, um seine Fotos zu schießen, und der andere hat später das Licht ausgeschaltet, um ihm zur Flucht zu verhelfen.«

›Das war keine Flucht, sondern ein gezielter Angriff‹, dachte Bob grimmig, ließ sich jedoch nichts anmerken.

»Wie mögen die hier wohl reingekommen sein?«, fragte Jus-

tus mit Blick zum Portal. »Von meiner Ankunft weiß ich, dass Hayward die Tür nach dem Öffnen immer sorgsam abschließt – dennoch muss sich der Yeti schon vor Beginn der Suchaktion im Saal befunden haben.«
»Ich fürchte, das war unsere eigene Schuld«, bekannte die falsche Charmayne. »Heute Nachmittag haben wir wegen der furchtbaren Hitze eine Weile lang alle Türen offen gehabt, um durchzulüften. Da müssen sie sich eingeschlichen haben. Und weil wir tagsüber den Schlüssel immer von innen stecken lassen, konnten sie auch problemlos wieder raus.«
Eine solche Lüftung wäre angesichts der Klimaanlagen zwar völlig unsinnig, aber wiederum staunte Justus, wie schnell diese Frau es schaffte, ihr Lügengebäude umzukonstruieren, um es an die unerwartet entstandene Situation anzupassen.
»Das klingt in der Tat schlüssig«, gab der Erste Detektiv wider besseres Wissen zurück. »Ich nehme an … bei Ihrem Telefonat gerade im Saal haben Sie wahrscheinlich die Polizei angerufen, richtig?« Er wusste natürlich ganz genau, dass sie das nicht getan hatte. Vermutlich war es ein Anruf bei ihren Komplizen gewesen, um irgendwelche Anweisungen zu erteilen. Aber Justus musste glaubhaft in seiner Rolle als argloser Gast bleiben, und ein Detektiv würde auf jeden Fall diese Frage stellen, alles andere wäre verdächtig. Umgekehrt durfte er allerdings auch nicht zu tief in Richtung Wahrheit bohren, um kein Misstrauen zu erwecken. Die absolut naheliegende Frage nach der Polizei erschien ihm dazu am besten geeignet. Dennoch: Es war ein gefährlicher Ritt auf der Rasierklinge …
Sie schüttelte den Kopf und deutete in Richtung Ostflügel.

»Nein, ich habe nur versucht, Hayward zu erreichen, damit er uns Licht macht, aber es war leider besetzt.«
Auch das war unwahr, denn sie hatte deutlich sichtbar und sehr vehement mit jemandem telefoniert. Doch wiederum nickte Justus in scheinbarem Verständnis. »Aber nun wollen Sie doch sicher die Polizei hinzuziehen – immerhin haben diese Leute schweren Hausfriedensbruch begangen.«
Er glaubte, in den Augen der Frau ein kurzes Glitzern wahrgenommen zu haben. Ahnte sie, dass er von ihrem Falschspiel wusste?
Falls dies so war, blieb sie dennoch souverän und aalglatt. Mit absolut authentischer Leidensmiene winkte sie ab. »Nein, das bringt jetzt doch nichts mehr. Diese Aasgeier werden ihre Bilder morgen so oder so drucken – egal ob wir anschließend mit Riesenaufwand und ungewissem Ausgang rechtlich dagegen vorgehen.« In scheinbarer Zärtlichkeit strich sie dem stummen Mr Robertson über die Schulter. »Eine solche Tortur kann ich meinem geliebten Wally nicht antun. Seit seiner Querschnittslähmung ist er außerordentlich stressanfällig. Das kannst du doch sicherlich nachvollziehen, oder?«
Justus wurde allmählich immer unsicherer, ob er sich nicht doch längst in einem hochriskanten Theater-Duell befand. Aber wenn das so sein sollte, war er fest entschlossen, diese Schauspieler-Kraftprobe nicht zu verlieren. Mit einem Gesichtsausdruck, der aufrichtiges Mitgefühl widerspiegelte, nickte er. »Das verstehe ich natürlich vollkommen, Mrs Robertson.«
Die Blondine zeigte ihr strahlendstes Lächeln. »Das hätte ich

von einem so feinfühligen Menschen wie dir auch nicht anders erwartet, Justus.« Dann verdunkelte sich ihre Miene wieder und sie strich sich scheinbar verlegen ihre Ärmel glatt. »Dann … sollten wir diesen unsäglichen Zwischenfall am besten abhaken und in den Saal zurückkehren. Mr Hayward wird dafür sorgen, dass die Tür ab jetzt fest verschlossen ist – und bleibt!«

»Gute Idee«, stimmte Bob notgedrungen zu. »Schließlich wird es höchste Zeit, dass ich endlich Ihr Collier finde …«

Auf ihrem Rückweg eilten die Jungen scheinbar tatendurstig einige Schritte voraus, um unauffällig miteinander sprechen zu können.

»Und das waren eben wirklich *drei* Typen?«, fragte Peter nun noch einmal.

»Ja«, bestätigte der dritte Detektiv ernst. »Einer mit Clownsmaske hatte sich im Garderobenschrank versteckt und von draußen kam ein Mann mit Puppenmaske, bestimmt der Kerl, der uns schon heute Nachmittag beehrt hat. Plus Yeti macht das drei.« Er warf einen verstohlenen Blick über die Schulter. »Die Geschichte mit dem Lüften ist natürlich Quatsch und ich bin mir inzwischen ziemlich sicher, wie das Ganze tatsächlich abgelaufen ist.«

»Dann raus damit!«, forderte ihn Peter auf.

»Der verrückte Vorfall auf der Zufahrt war nichts anderes als ein Ablenkungsmanöver. Der Yeti und der Kerl mit der Clownsmaske hatten sich vermutlich direkt neben der Eingangstür im Gebüsch versteckt. Und als Peter und Hayward mit dem Kapuzenmann beschäftigt waren, sind sie ungesehen reingehuscht und dann ab in den Schrank.«

»Von wo aus der Schneemensch später heimlich in den Saal schlich«, ergänzte Justus anerkennend.
Der Zweite Detektiv nickte. »Ja, das kann gut sein! Und irgendwann bekam der Clownstyp dann ein Signal des Yeti aus der Halle, huschte daraufhin zur Saaltür und bediente die Schaltungen. Dann zog er sich auf seine ursprüngliche Position zurück und wartete darauf, dass sein Komplize zurückkam.«
»... der sich in dem darauffolgenden Chaos auf mich stürzte, um mir mein Fundstück abzunehmen«, fügte Bob an. »Er muss die Trophäe vom Jersey Devil von Weitem wohl für das kostbare Etwas gehalten haben, nach dem wir die ganze Zeit suchen.«
»Was mich wundert, ist, dass sich bei dem ganzen Lärm gar keiner aus der Bande der falschen Mrs Robertson hat blicken lassen. Die müssen doch auch gemerkt haben, dass was nicht stimmt«, überlegte Peter.
»Haben sie auch«, warf Bob ein. »Die waren schon drauf und dran, die Treppe runterzustürmen, unter der ich mich versteckt hatte, aber dann hat man sie wohl zurückgepfiffen.«
»Der Anruf der falschen Charmayne«, stellte Justus fest.
»Genau.« Bob lächelte finster. »Und ich weiß jetzt auch endlich, um *was* es hier die ganze Zeit geht! Zumindest mehr oder weniger.«
Justus horchte auf. »Nämlich?«
»Der Schneemensch hat mich nachdrücklich dazu aufgefordert, ihm das ›verdammte Band‹ zu geben.«
»Das Band?« Irritiert zog Peter die Stirn kraus. »Was denn für ein Band?«

»Wohl kaum ein Band im Sinne einer Schnur«, stellte Justus klar. »Mit Blick auf die mutmaßliche Verbindung zu Talbot wird es sich eher um ein Aufnahmeband handeln, sei es Ton oder Film.« Stirnrunzelnd blickte er auf die am Ende des Flurs aufragende Saaltür. »Und dieses ominöse Aufnahmeband will die Gruppe der falschen Charmayne unbedingt in ihren Besitz bringen. Vermutlich, weil es auf irgendeine Weise besonders wertvoll oder besonders gefährlich ist.«
»Aber auch die Maskenbande hat davon Wind bekommen und wollte das Band auf eigene Faust rausschaffen«, ergänzte Bob. »Das misslang aber, weil ich es noch gar nicht gefunden habe. Kein Wunder, dass der Yeti so stinksauer war.«
Mit düsterem Gesicht schob Peter die Tür auf. »Zwei konkurrierende, hochgefährliche Gangsterbanden also. Und wir als ihre Suchhunde mittendrin – in einem Saal voller Ungeheuer. Der absolute Jackpot!«
»Trotz dieser beunruhigenden neuen Fakten werden wir am ursprünglichen Plan festhalten«, verkündete Justus. »Wir finden das Ding und händigen es unserer Gastgeberin aus.«
»Und was dann?«, wollte Peter wissen. »Ein Aufnahmeband ist schließlich kein Smaragd-Collier.«
Justus machte eine ausgreifende Handbewegung. »Ich gehe fest davon aus, dass diese Gangsterbraut ihr raffiniertes Theaterstück bis zum Ende durchgeplant hat. Also wird sie auch eine gute Begründung aus dem Hut zaubern, warum wir nach dem Fund des Bandes die Suche abbrechen sollen. Anschließend ziehen wir uns zurück und versuchen, Hilfe für Mr Robertson und seine gefangen gehaltene Ehefrau zu organisieren.«

Bob seufzte. »Dann hoffe ich in unser aller Interesse –« Stockend fasste er sich ans Kinn und verengte die Augen.
»Was hast du?«, fragte Peter verdutzt.
»Leute …«, setzte Bob zögernd an. »Gerade ist mir klar geworden, was mir im Flur merkwürdig vorgekommen ist, ohne dass ich genau wusste, was es war.« Er atmete tief aus. »Und wenn es das bedeutet, was ich glaube, dann brauchen wir ganz schnell einen neuen Plan …«

Zurück im wieder gänzlich ruhigen Saal setzten die Detektive ihre Suche nun zwar fort – stets beobachtet von ihren beiden ungleichen Gastgebern –, tauschten sich dabei aber unauffällig über Bobs folgenschwere Erkenntnis und die Konsequenzen aus, die sie daraus ziehen mussten.
Nach zwei weiteren ergebnislosen »Tauchgängen« des dritten Detektivs ging es inzwischen auf ein Uhr nachts zu. Bob befand sich gerade im Rumpf einer reptilienartigen Kreatur, die als Brosno-Drache im gleichnamigen russischen See seit Jahrhunderten gefürchtet war. Plötzlich stieß der dritte Detektiv, lauter als beabsichtigt, ein triumphierendes »Endlich!« aus. Instinktiv wandten sich Justus und Peter dem Bauch des Drachen zu, richteten ihre Blicke aber sofort wieder auf den Podestboden, um keinen Verdacht zu erregen.
»Und?«, flüsterte Peter hoffnungsvoll.
»Ich … hab das Ding tatsächlich gefunden!«, kam es nun flüsternd aus der Echse. »Es ist wirklich eine Tonbandrolle und außen klebt ein kleines Etikett dran. Moment mal … Da stehen zunächst ein paar unleserliche Nummern. Und daneben … vier Buchstaben: I, D, T und U.«

»Insel der tausend Ungeheuer«, hauchte Justus aufgeregt. »Die Anfangsbuchstaben des Films mit Francis Talbot! Wir lagen mit unseren Überlegungen also absolut richtig!«
Fahrig wischte sich Peter über das glühende Gesicht. »Was kann denn nur auf diesem Band drauf sein, dass gleich zwei Gangsterbanden hinter ihm her sind?«
»Und wer hat es hier drin versteckt?«, fügte Bob an. »Ob die echten Robertsons davon wussten?«
»Diese Rätsel werden wir lösen.« Justus' Augen funkelten. »Du versteckst das Band jetzt erst mal unter deiner Kleidung, Bob. Wir dürfen dieses brisante Beweisstück auf keinen Fall mehr aus der Hand geben.«
»Das ist ja *hochinteressant* …«
Erschrocken wirbelten Justus und Peter herum. Vor ihnen stand breit grinsend Wally Robertson, der unbemerkt seinem Rollstuhl entstiegen war und im Rücken der Detektive das Podest erklommen hatte!

Ende mit Schrecken

Mit aufgerissenen Augen beobachteten Justus, Peter und Bob, der zögernd aus dem Brosno-Drachen kletterte, dass auch die falsche Charmayne zu ihnen aufs Podest stieg.
Als wäre es das Natürlichste auf der Welt, legte Mr Robertson seinen Arm um ihre Taille und gab ihr einen innigen Kuss. Dann wandte er sich wieder den Jungen zu. »So, und jetzt möchte ich um das Band bitten.«
Bob rührte sich nicht, stattdessen ergriff Justus das Wort. »Mein aufrichtiges Kompliment – es war tatsächlich von Anfang bis Ende *alles* ein einziges großes Täuschungsmanöver.« Er taxierte den knapp einen Meter achtzig großen Mann. »Sie sind nicht Wally Robertson und Sie hätten ihn aufrecht auch nie verkörpern können, da Sie nicht entfernt an dessen zwei Meter Körpergröße heranreichen. Deshalb verfielen Sie auf die Idee mit dem Rollstuhl und der Decke, um Ihre wahre Größe zu verschleiern.«
»Außerdem weiß praktischerweise heute kaum jemand, wie die echten Robertsons aussehen, weil sie völlig zurückgezogen leben«, ergänzte Peter.
»Vor diesem Hintergrund begann ein ausgeklügeltes Theaterstück in zwei Akten«, fügte Bob an. »In Teil eins beauftragten Sie uns in den Rollen der strahlenden Charmayne und des wortkargen Wally mit der Suche nach einem verlorenen Schmuckstück.«
Justus nickte. »Dabei lief anfangs auch alles glatt. Meine Freunde und später auch ich schluckten den Köder und die

Suche nahm ihren Lauf. Doch der Gegenstand wollte einfach nicht auftauchen. Schließlich wurde es Zeit für uns, nach Hause zu fahren. Aber auch darauf waren Sie vorbereitet. Nun nämlich zündeten Sie Stufe zwei Ihres großen Täuschungsplans.«

Peter musterte die beiden Verbrecher grimmig, die sich die Ausführungen der Jungen wortlos anhörten und lediglich überheblich lächelten. »Mit der angeblichen Geiselnahme schafften Sie es mühelos, uns vor Ort zu halten und gleichzeitig einen unglaublichen Druck aufzubauen. Wir *mussten* um jeden Preis erfolgreich sein.«

»Und das alles wegen eines alten Tonbands, das vermutlich jahrzehntelang unbemerkt hier in seinem dunklen Versteck lag«, stellte der dritte Detektiv fest. »Aber warum dieser ganze Aufwand und wieso erst jetzt nach all der Zeit? Was ist an diesem Band so wichtig?«

»Das, mein Kleiner, wird niemand auf der Welt je erfahren.« Das Lächeln des falschen Stuntmans verbreiterte sich noch, gleichzeitig wurde sein Blick stahlhart. »Und jetzt her damit oder den Robertsons geht es an den Kragen!«

»Das halte ich für unwahrscheinlich«, erwiderte Justus, dessen Miene zur Überraschung des Gangsterpaars keinerlei Anzeichen von Einschüchterung erkennen ließ. »Das kerngesunde echte Ehepaar Robertson befindet sich momentan nämlich im Urlaub in Neuseeland und ich bezweifle ernsthaft, dass Ihr Zugriff bis dorthin reicht.«

»Woher …«, entfuhr es der entgeisterten Blondine, doch der falsche Mr Robertson brachte sie mit einer energischen Geste sofort zum Schweigen.

Unbeeindruckt fuhr Justus fort: »Woher wir das wissen? Nun, dank der hervorragenden Beobachtungs- und Kombinationsgabe meines Kollegen Bob Andrews sind wir vor Kurzem zu einer weitreichenden Erkenntnis gelangt.«

»Diese Erkenntnis betrifft die große Wendeltreppe im Flur«, führte der dritte Detektiv weiter aus. »Mir ist nämlich plötzlich klar geworden, was mich die ganze Zeit daran gestört hat: Sie verfügt über keinen Treppenlift!«

Peter blickte angriffslustig zur falschen Charmayne hinüber. »Trotzdem haben Sie bei unserer Begrüßung behauptet, dass Sie und Ihr Mann im zweiten Stock wohnen. Wie aber hätte er als Querschnittsgelähmter da raufkommen sollen? Bei Ihnen huckepack?«

Das verstummte Paar wechselte vielsagende Blicke.

»Nach dieser Schlussfolgerung fielen mir rückblickend noch weitere Unstimmigkeiten ein, die meine Vermutung bestärkten, dass Sie gar kein bedrohtes Opfer sind«, erklärte Bob. »Allen voran die kleine Geste gleich zu Anfang, als Sie die Hand Ihrer Partnerin antippten, um zum Saal gefahren zu werden. Damals war mir das vollkommen normal vorgekommen, aber angesichts der angeblichen Geiselnahme erschien dieser Moment in ganz anderem Licht.«

Peter nickte. »Kein Gefangener der Welt würde seiner Geiselnehmerin irgendwelche Anweisungen erteilen. Es sei denn, er *ist* gar kein Gefangener.«

»Somit war klar, dass auch Sie ein Teil dieses großen Intrigen-Puzzles sind«, ergänzte Justus. »Und gleichzeitig war erwiesen, dass Ihre Aussage über den präparierten Rollstuhl genauso wenig zutrifft wie alles andere.«

»Ihr seid schon kluge Jungs, alle Achtung«, entgegnete der falsche Wally Robertson, ohne deswegen jedoch besorgt zu wirken. Es war offenkundig, dass er sich dank der Sicherung durch die restlichen Bandenmitglieder unverändert in überlegener Position wusste.
Dessen ungeachtet fuhr Justus fort: »Aus diesem Grund erschien es uns auch vertretbar, Ihr Anrufverbot zu ignorieren.«
»Um uns hundertprozentige Sicherheit über die echten Robertsons zu verschaffen, telefonierte ich heimlich in einem der Echsenwesen«, fügte der dritte Detektiv an. »Ein Fernsehkollege von Peters Vater, der mit Mr Robertson seit einiger Zeit in Kontakt steht, gab mir einige sehr interessante Informationen. Unter anderem, dass Wally zurzeit mit seiner Frau auf einer Neuseelandreise ist und sich momentan lediglich ihr Hausverwalter in der Villa befindet. Damit war die Sache klar.«
Peter verschränkte die Arme. »Anschließend beschlossen wir, dass wir Mr Hayward eine Chance geben sollten.«
»Hayward??« Zum ersten Mal zeigte die bislang unerschütterliche Selbstsicherheit des falschen Stuntmans Risse.
»Wir waren nicht weniger überrascht als Sie angesichts der Feststellung, dass wir Mr Haywards Verhalten völlig falsch gedeutet hatten«, erläuterte Justus. »Und das, obwohl in diesem gewaltigen Netz aus Lüge und Täuschung eigentlich nur eine einzige Ihrer Aussagen der Wahrheit entsprach. Nämlich die, dass der Hausverwalter sich hat bestechen lassen. So erhielten Sie problemlos Zutritt zur Villa.«
Peter wies in den Saal hinein. »Sie sagten Hayward, dass es

nur darum ginge, einen Gegenstand zu finden, und niemand dabei zu Schaden kommen würde. Außerdem bekam er die Aufgabe, eventuell auftauchende Bekannte oder Nachbarn der Robertsons an der Tür abzuwimmeln, ohne Misstrauen zu erwecken, und Fremden überhaupt nicht zu öffnen.«

»Nichts sollte die Aktion im Haus gefährden«, stellte Bob fest. »Deshalb – und *nur* deshalb – sollte ich meinen Käfer hinter dem Haus parken. Kein Nachbar, der vielleicht vom Urlaub der Robertsons wusste, sollte sich über Besuch in der Villa wundern.«

Justus nickte. »Dank des Schweigegelds fügte sich Hayward in seine Rolle, erregte allerdings mehrfach unser Misstrauen. Als Sie dann plötzlich die Bombe mit der angeblichen Geiselnahme hochgehen ließen, waren wir jedoch so sehr auf die falsche Charmayne und ihre Bande fixiert, dass wir eine bedeutsame Frage zunächst völlig aus den Augen verloren.«

»Nämlich: Warum sollte *Ihr Verbündeter* Mr Hayward versuchen, uns von der Villa wegzulocken, obwohl *Sie* uns hier dringend für die Suche brauchten?«, schob Peter nach. »Genau das hat er nämlich getan.«

»Die Antwort war einfach und überraschend zugleich«, erklärte Bob. »Hayward mag ja ziemlich abgebrüht sein, aber als er mitbekam, dass drei Jugendliche in dieses Gangsterhaus geholt werden sollten, meldete sich dann doch sein schlechtes Gewissen. Also versuchte er, uns mithilfe seiner Schwester von hier fernzuhalten. Bekanntlich vergebens.«

»Dieser elende Verräter!«, zischte die falsche Charmayne.

»… sprach die betrogene Betrügerin«, kommentierte Justus ungerührt. »Dass Mr Hayward dieses Ablenkungsmanöver nicht aus Eigeninteresse inszeniert hat, sondern um uns zu schützen, wurde uns allerdings erst bewusst, als wir sein widersinniges Verhalten neu einordneten.«

»Daraufhin ließ ich mir von der Auskunft Haywards Nummer geben und rief ihn heimlich an«, ergänzte Bob. »Ich legte sofort die Karten auf den Tisch und sagte ihm, dass der gesamte Coup gescheitert ist, aber dass wir ihm die Möglichkeit geben, halbwegs heil aus der Sache rauszukommen.« Ein breites Lächeln huschte über sein Gesicht. »Das alles tat ich natürlich erst, *nachdem* ich die Polizei informiert hatte.«

Dieser letzte Satz ließ die bisherige Selbstbeherrschung der falschen Robertsons schlagartig in sich zusammenstürzen. Mit einem lauten Wutschrei warf sich der Mann auf Bob, um ihm das Tonband zu entreißen. Doch Peter hatte eine solche Reaktion vorausgeahnt und trat dem Angreifer so gezielt gegen das rechte Knie, dass der Gangster das Gleichgewicht verlor und seitlich vom Podest stürzte.

»Der echte Wally Robertson hätte diesen Flug garantiert eleganter hinbekommen«, stellte Peter trocken fest, sprang dem Mann hinterher und nahm ihn in den Polizeigriff.

Hastig zog die falsche Charmayne ihr Handy aus der Tasche, doch Bob hob abwiegelnd die Hand.

»Geben Sie sich keine Mühe – Ihre Crew wird auf keinen Alarmruf reagieren.« Demonstrativ hob der dritte Detektiv sein eigenes Mobiltelefon in die Höhe, während er mit der anderen Hand den Knoten des Sicherungskabels an seinem Gürtel löste. »Gerade eben habe ich eine vereinbarte Nachricht abgeschickt, damit der Verwalter den Polizisten grünes Licht für die Stürmung der besetzten Räume gibt. Dank

Hayward konnte das Einsatzteam während unserer spannenden Unterhaltung hier unbemerkt Stellung beziehen.«
Tatsächlich brach jetzt im gesamten Haus ein gewaltiger Lärm los, der sich jedoch schon bald wieder legte – glücklicherweise ohne dass irgendein Schuss fiel. Die Verbrecher waren von der völlig unerwarteten Attacke offenbar so überrascht worden, dass sie kaum Gegenwehr leisteten.
Ganz im Gegensatz zur falschen Charmayne, die nun regelrecht explodierte. Mit einer Schnelligkeit, die Justus völlig überrumpelte, rammte die große Frau ihm ihre Faust in den Magen, sodass er stöhnend zurücktaumelte. Dann sprang sie vom Podest und rannte auf das riesige Flügeltor zu.
Bob wollte die falsche Mrs Robertson verfolgen, da bemerkte er, dass er immer noch das Sicherungskabel in der Hand hielt. Und plötzlich schoss dem dritten Detektiv ein Gedanke durch den Kopf: Yakima Canutt – *Western*stuntman! Hastig riss er einige Meter Kabel an sich, schwang das lose Ende über dem Kopf wie ein Cowboy sein Lasso, schleuderte es mit aller Kraft der Flüchtenden hinterher – und landete einen Volltreffer! Das Kabelende traf die falsche Charmayne hart im Nacken und brachte sie ins Stolpern. Mit wild rudernden Armen und einem lauten Aufschrei prallte sie ungebremst gegen die Bühne des legendären Ungeheuers von Loch Ness und stürzte zu Boden. Augenblicklich eilte Bob zu ihr, gefolgt von Justus, der sich inzwischen wieder gefangen hatte. Gemeinsam überwältigten sie die unflätig fluchende Frau und fesselten sie mit dem Kabel.
»Das … war eine echte Meisterleistung«, schnaufte Justus. Dann wandte er sich triumphierend an die falsche Mrs Ro-

bertson. »Da haben Sie Ihre Rechnung wohl ohne Marshal Andrews und seinen tüchtigen Hilfssheriff Nessie gemacht!«
In diesem Moment traten mehrere Polizisten in den Saal und näherten sich der kleinen Gruppe.
»Das … ist doch völlig unmöglich!«, fauchte der falsche Stuntman wutentbrannt.
»Nur fast«, korrigierte Justus und winkte den Beamten erleichtert zu. »Ohne den guten Mr Hayward und sein telefonisches Geständnis beim L. A. Police Department wäre diese ganze Geheimaktion in der Tat nicht möglich gewesen.«
Mit spürbarer Genugtuung musterte Justus erneut seine Gegnerin des nervenzehrenden Psycho-Duells. »Tja, Sie hätten bei Ihrem brillanten Theaterstück eben nicht außer Acht lassen sollen, dass sich das Wesentliche oftmals nicht auf der Bühne, sondern hinter den Kulissen abspielt …«

Die Vernehmungen in der Hauptzentrale des Los Angeles Police Department zogen sich über mehrere Stunden hin. Als die drei ??? den wuchtigen Betonbau mit dem prägnanten Schriftzug wieder verließen, tauchte die Morgendämmerung die Stadt der Engel bereits in purpurnes Licht.
»Mannomann, in meinem Kopf dreht sich alles, und dabei war ich in der letzten Stunde bereits im Halbschlaf«, verkündete Peter gähnend, während sie auf den Parkplatz zusteuerten. »Deshalb wäre es super, wenn ihr mir noch mal den Zusammenhang mit diesem Mr Murray erklären könntet.«
»O'Malley«, korrigierte Justus. »Desmond O'Malley. Er ist der Mann, der für all die Geschehnisse in der Robertson-Villa die Verantwortung trägt.«

»Er war früher ein prominenter Chirurg in Hollywood, der auch als Berater im Filmgeschäft tätig war«, ergänzte Bob. »Sein Wissen über Haut, Gewebe und Knochen war vor allem bei der Entwicklung täuschend echter Verletzungsattrappen in Action- und Horrorfilmen gefragt.«

Peter nickte müde, während die Jungen in Bobs Käfer stiegen. »Stimmt, daran erinnere ich mich. Und bei den Dreharbeiten zur ›Insel der tausend Ungeheuer‹ ist O'Malley dem Schauspieler Francis Talbot begegnet.«

»Korrekt«, bestätigte der Erste Detektiv. »Zu dieser Zeit ahnte Talbot bereits, dass die Justiz ihn wegen diverser Verbrechen im Visier hatte und er schnellstmöglich von der Bildfläche verschwinden musste. Da kam ihm die Bekanntschaft mit dem Promi-Chirurgen gerade recht.«

»O'Malley verhalf Talbot gegen ein horrendes Honorar zu einem neuen Aussehen«, fügte Bob an. »Mehrfach trafen sich die beiden dazu am Set des Films hinter den Kulissen, um die Einzelheiten der Gesichtsoperation abzuklären.«

Justus nickte. »Was sie nicht wussten: Eines ihrer geheimen Gespräche wurde unbeabsichtigt von dem Tontechniker Floyd Galveston mitgeschnitten, der gerade ein vermeintlich defektes Gerät testen wollte. Der junge Mann erkannte sofort die Sprengkraft dieser Aufnahme – aber auch, wie gefährlich sie sein könnte. Schließlich gab es diverse Gerüchte, denen zufolge Talbot dank seiner Unterweltkontakte manch unliebsame Person für immer zum Schweigen gebracht hat.«

»In seiner Panik stopfte Galveston die Tonbandrolle ins nächstbeste Versteck«, ergänzte Bob, der sich inzwischen durch den morgendlichen Berufsverkehr auf dem Santa Monica Freeway gen Westen schlängelte. »Nämlich in die Wartungsluke eines der Filmmonster, die direkt nebenan im dunklen Requisitenlager herumstanden.«

»Und im Inneren dieses Drachen blieb das Band die nächsten Jahrzehnte unbemerkt im Besitz von Mr Robertson, der alle Ungeheuer nach Fertigstellung des Films gekauft hatte«, fügte Peter hinzu, der sich an diesen Teil der Geschichte noch erinnerte. »Aber jetzt hänge ich wieder. Warum kam die ganze Sache mit dem Tonband nach so langer Zeit plötzlich wieder ans Tageslicht?«

»Wegen eines der ältesten Motive der Welt«, erklärte Justus. »Gier. Auslöser war die Nachricht, dass der vor dreißig Jahren untergetauchte Schauspieler Francis Talbot bei einem mysteriösen Wohnungsbrand in Buenos Aires ums Leben gekommen ist. Er konnte wohl allein mittels zahntechnischer Unterlagen identifiziert werden.«

»Und jetzt kommt wieder der ehemalige Tontechniker ins Spiel«, entgegnete Bob. »Der chronisch in Geldnöten steckende Galveston musste nun ja nicht mehr Talbots Rache fürchten. So beschloss er, den millionenschweren Ex-Chirurgen O'Malley mit seinem Wissen über das Band zu erpressen. Er ging davon aus, dass er gar nicht erst ein Beweisstück vorlegen musste, sondern den alten Doc so in Angst versetzen würde, dass er sofort zahlt.«

Der Erste Detektiv nickte. »Damit unterschätzte er sein ›Opfer‹ aber komplett. Für O'Malley stand nämlich weit mehr auf dem Spiel, als Galveston ahnen konnte. Auf seiner geheimen Patientenliste stehen offenbar noch diverse weitere Vertreter des organisierten Verbrechens. Um einen riesigen

Skandal zu verhindern, ließ der Chirurg den Möchtegern-Erpresser kurzerhand von seinem Butler überwältigen und einem Verhör unterziehen.«

»Leider konnte sich der völlig eingeschüchterte Galveston nicht mehr daran erinnern, in welches Monstrum er die Aufnahme geworfen hatte«, setzte Bob fort. »Er war sich lediglich sicher, dass der Stuntman Wally Robertson all diese Ungeheuer gekauft hatte.«

Justus klappte die Sonnenblende herunter. »Über einen Mittelsmann nahm O'Malley Kontakt zum Hausverwalter Hayward auf und bahnte dessen Bestechung an. So erfuhr er auch, dass das Ehepaar Robertson sich zurzeit in Neuseeland aufhält, jedoch in Kürze zurückkehren wird.«

»Okay, jetzt wird's bei mir wieder klarer«, stellte Peter fest. »Der Gangsterchirurg schickte daraufhin einen Suchtrupp zur Villa, um das gefährliche Beweisstück sicherzustellen. Aber dann zeigte sich, dass niemand im Team klein und schmal genug war, um sich durch die Wartungsluken zu zwängen.«

»Sämtliche Stahlmonster mit Spezialwerkzeug zu zerstören, um ans Innere zu gelangen, kam schon aus Zeitgründen nicht infrage«, stellte Justus fest. »Außerdem wäre der dabei entstehende Lärm viel zu riskant gewesen.«

»So kamen sie auf uns beziehungsweise mich«, bestätigte der dritte Detektiv. »Zur schnellen Vorbereitung haben sie einige der alten Artikel über Wally Robertson gelesen, die im Internet zu finden sind. Daraus bastelte die Blondine all die kunterbunten Familien-Infos über die Entstehung des Monstersaals zusammen. Allerdings erstklassig improvisiert – das muss man ihr lassen. Tja, und den restlichen Ablauf konnten wir ja bereits in der Villa rekonstruieren.«

»Bis auf den rätselhaften Yeti und seine Komplizen«, präzisierte Justus. »Dass es sich bei dem Typ ausgerechnet um O'Malleys Butler handelt, der eigentlich mit zum Suchtrupp gehörte, hat mich doch ziemlich überrascht. Er sollte sich in seiner Schneemensch-Verkleidung als unsichtbarer Wächter im Saal postieren, um in brenzligen Situationen eingreifen zu können. Tatsächlich aber spielte auch er ein falsches Spiel.«

Bob wischte sich über die Stirn. Der neue Tag würde mindestens genauso heiß werden wie der vorangegangene. »Als ihm die Brisanz des Tonbands klar wurde, entschied er, es sich selber unter den Nagel zu reißen, um ein überaus lohnendes Druckmittel gegen seinen Boss in der Hand zu haben. Aber trotz seiner zwei Helfer und ihrer tollen Masken wurde das Ganze ein grandioser Schuss in den Ofen.«

»Dank des Horns vom Jersey Devil!« Der Zweite Detektiv grinste breit.

Nachdenklich zupfte Justus an seiner Unterlippe. »Wenn man es recht bedenkt, waren wir tatsächlich im Reich der Ungeheuer. Nur handelte es sich nicht um ausgestellte Monsterfiguren, sondern um höchst lebendige Menschen …«

»So ein Mist!«, entfuhr es Peter nun unvermittelt.

»Was hast du denn?«, fragte Bob irritiert.

»An alles haben wir gedacht, nur nicht daran, Beweisfotos von uns im Monsterzoo zu machen! Nun wird uns doch niemand glauben, dass wir mit Nessie, Terrorvogel und Bigfoot gleichzeitig im selben Raum waren!«

»Das ist in der Tat ein ärgerliches Versäumnis«, stimmte Justus schmunzelnd zu. »Aber ich bin doch recht zuversichtlich, dass Mr Robertson uns, nachdem er über den ganzen Vorfall informiert wurde, einen zweiten Besuch in seiner Krypto-Welt gestatten wird.«

»Dann aber bitte ohne Verbrechergäste«, fügte Bob mit einem Zwinkern an. »Eigentlich ist es ja verrückt: Da findet ein Riesencoup mit zig Gangstern in der Robertson-Monstervilla statt, und die Einzigen, die von dem Spektakel nichts mitbekommen, sind Mighty Wally und seine Frau.«

Peter nickte. »Das wird ’ne deftige Überraschung, wenn –«

In diesem Moment klingelte Justus’ Handy, das der Erste Detektiv während der Vernehmung ausgeschaltet hatte. Verdutzt erkannte er die Nummer und drückte gleichzeitig die Annahmetaste nebst Lautsprecherfunktion.

»Hier ist Mrs Flagstaff«, ertönte eine nur zu gut bekannte, höchst ungehalten klingende Knarzstimme. »Ich hab schon *drei Mal* versucht, dich zu erreichen! In puncto Kundenfreundlichkeit müsst ihr euren Laden wirklich mal auf Vordermann bringen, sonst wird das nichts!« Justus konnte deutlich hören, wie die Dame einen tiefen Zug von ihrem Zigarillo nahm. »Na, trotzdem will ich euch jetzt für einen brandheißen *echten* Fall engagieren. Der bekloppte Terry ist endgültig durchgedreht und muss dringend dingfest gemacht werden. Dieser Sittenstrolch hat mir vorhin im Treppenhaus aufgelauert und will mich doch tatsächlich für ein Nackt-Picknick nach Wladiwostok entführen!!«